大学有两个任务：对科学的探求，个性与道德的修养。大学的准则是寂寞和自由，两者相互关联、依存。

——威廉·洪堡

蔡天新 著

德国，来历不明的才智

哥廷根游学记

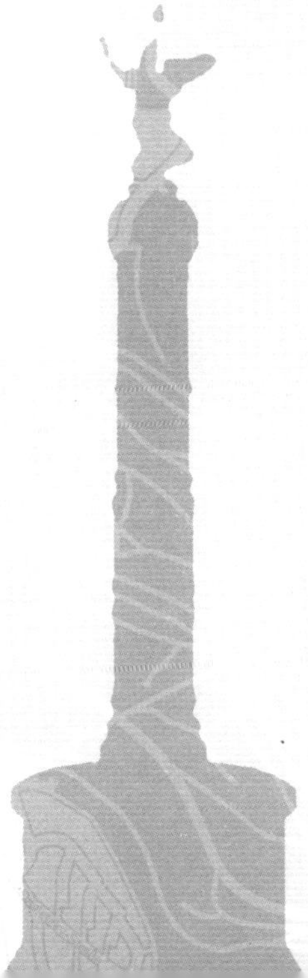

中華書局

大图书馆
希尔伯特故居
哥廷根火车站
集市广场
俾斯麦小屋
高斯天文台
数学研究所
Seesen • Einbeck • Northeim • Nörten-Hardenberg
Osterode • Herzberg • Bad Lauterberg • Duderstadt
BAB-Abfahrt Göttingen-Nord (72)
Friedhof Junkerberg
Klinikum
Weender Landstraße
Berliner Straße
Bahnhof
Nikolausberger Weg
Wilhelm-Weber-Straße
Am Goldgraben
Düstere-Eichen-Weg
Herzberger
Landstraße
Groner Landstraße
Bürgerstraße
Reinhäuser Landstraße
Friedländer Weg
Calsowstraße
David-Hilbert-Straße
Sternwarte
Gauß-Garten
Stadthalle
Park "Albani-Friedhof"
Neues Rathaus
Bismarck-häuschen
DLR
Badeparadies Eiswiese
Sportgästehaus
Duderstadt • Worbis
Leinefelde
Niedersächsische Staats- und Universitäts-bibliothek
Alter Botanischer Garten
Deutsches Theater
Goethe-Institut
Hainholzweg
Am Steinsgraben
Breymannstraße
Schiefer Weg
Rosdorfer Weg

大学城哥廷根地图

丹麦
波罗的
北海
荷兰
卢森堡
比利时
法国
瑞士
捷克
奥地利
吕贝克 Lübeck
汉堡 Hamburg
不来梅 Bremen
柏林 Berlin
波茨坦 Potsdam
汉诺威 Hannover
不伦瑞克 Braunschweig
帕德博恩 Paderborn
哥廷根 Göttingen
明登 Munden
卡塞尔 Kassel
哈雷 Halle
莱比锡 Leipizg
德累斯顿 Dresden
魏玛 Weimar
耶拿 Jena
埃尔福特 Erfurt
科隆 Köln
法兰克福 Frankfurt
威斯巴登 Wiesbaden
美因茨 Mainz
特里尔 Trier
海德堡 Heidelberg
纽伦堡 Nürnberg
斯图加特 Stuttgart
图宾根 Tübingen
乌尔姆 Ulm
慕尼黑 München
弗莱堡 Freiburg im Breisgau

作者德国旅行图

序　言

2014年7月14日凌晨，法国国庆日，我在海拔1200米高的木鱼镇收看了巴西世界杯的决赛。木鱼位于鄂西大巴山的余脉神农架，是传说中华夏始祖神农氏采摘百草的地方，与屈原和昭君的故里相距不远。在我从前游历过的里约热内卢马拉卡纳体育场，结局如同许多中国球迷所猜中的，头脑聪敏、意志坚强的德国人凭借中场队员格策的绝杀，以一球小胜梅西领衔的阿根廷队，第四次捧得金杯。

很快我了解到，加时赛替补上场的格策年方22，出生于巴伐利亚州西南的梅明根，该镇位于多瑙河支流伊勒河畔。德意志果然是人文荟萃，在梅明根下游50公里处还有一座小镇乌尔姆，恰好是本书写到的。她既是17世纪法国哲学家、数学家笛卡尔随军驻扎，并灵光一现发明平面坐标系的地方，也是20世纪物理学家爱因斯坦的出生地，甚至名闻遐迩的巴黎高等师范学校所在街道也取名乌尔姆。

本书是我于2002年到2012年间数度探访德国的记录，节数128刚巧是网球大满贯的正赛人数。最初是作为旅行者，我乘坐大巴和火车游览。后来，我作为诗人出席了柏林文学节（全世界最大的文学节）、作为作家作客法兰克福书展（出版人的奥运会）、作为酒友巧遇慕尼黑啤酒节（闻名于世的狂欢节）。这几座名城连同汉诺威、不伦瑞克、不来梅、汉堡、魏玛、莱比锡、特里尔、斯图加特、海德堡、科隆等30多座城市书中均有或多或少的描述，其中也包含宝马和奔驰之都。

可是，我在德国逗留时间最久的地方无疑要数哥廷根（又译格廷根），曾两度造访那里的数学研究所，并受其激励开始了梦幻般的数学发现。19世纪，哥廷根大学因为“数学王子”高斯的出现声名鹊起，成为继亚历山大、巴黎、剑桥之后举世闻名的数学圣地。与牛顿只钟情于剑桥一样，高斯一生也只属于哥廷根。高斯的弟子里有伟大的黎曼，高斯的声望在100年以后又吸引了希尔伯特，后者建立起著名的哥廷根学派。

哥大的物理和化学同样享誉世界，量子力学诞生于斯，马克·普朗克研究所是德国科学院的代名词。哥大出过47位诺贝尔奖得主，涵盖包括文学、经济学在内的各个领域以及和平奖。而哥廷根大学却是一夫一妻制的产物，原来，哥廷根所属的汉诺威王国曾长期与不列颠联姻，后来因为英王没有子嗣，由近亲的汉诺威王兼任，结果连续五位国王移驾伦敦，包括乔治二世，正是他（受牛津和剑桥启发）下令创建了哥廷根大学。

从地图上看，德国是欧洲的心脏，申根协定五个缔约国之一，如今已与26个国家连通，取消了边界。20世纪东西德国的分分合合，给生活带来了戏剧性和多元性。寒冷的天气也造就了德国人的抽象思维能力，他们尤其擅长数学、哲学和音乐，这三者分别是自然科学、社会科学和艺术领域中最抽象的。在所有发达国家里，德意志民族的出现和统一（1871）最晚，也因此成为两次世界大战的元凶并在战后迅速恢复形象，后一点应得益于近代涌现的众多智者。尽管他们的才智来历不明，我却十分欣赏哥廷根物理学家兼讽刺作家利希滕贝格的断言：天才即勤奋。

与任何一次游历一样，遗憾总是难免的，我也错过了向往之地。首先是格尼斯堡，希尔伯特和哲学家康德的出生地，普雷格尔河上的七桥为数学史增添了迷人的色彩，不幸战后它成为俄罗斯的一块飞地。

其次是商业名城吕贝克，作家亨利希·曼和托马斯·曼兄弟的故乡，位于波罗的海滨石勒苏益格－荷尔斯泰因和梅克伦堡－前波美拉尼亚两州的交界处，那也是我仅有的未曾造访的两个州。还有前东德的文化名城德累斯顿，收藏有拉斐尔的多幅名画和玛雅人的末日预言，对此我也只能遥想一番了。

以上两座城市我曾与之擦肩而过（鲁尔工业区也只是在空中俯瞰），而巴伐利亚南部山区的新天鹅城堡却与我的行程有一定的距离。这座城堡与科隆大教堂、柏林的布兰登堡门并称为德国的三大标志性建筑，我认为她体现了日耳曼人内心中柔软的部分，也是19世纪巴伐利亚富于幻想的年轻国王路德维希二世的精神依托。他在一个夏夜消失在城堡归来的旅途中，确切地说，是在一座叫施坦贝尔格的湖水中。在我看来，与成为一代词人的南唐后主李煜相比，这位国王的所作所作更多来自天性。

最后，我想说说对首都柏林的记忆，并非犹太纪念馆的黄色波浪、同性恋酒吧的歌舞甚或市长宴会上的趣闻，而是一幅以博物馆岛（我对佩加蒙尤为倾心）为中心的地图。周围的地理至今仍清晰可辨，市政厅、电视塔、菩提树街、查理哨所、洪堡大学、亚历山大广场、弗里德里希街车站，等等。一位女士手握枝条伸入中央，她的小手藏在叶丛中，就像悄然流入柏林市心脏的施普雷河。

参观了博物馆岛以后我有了一个想法，流经杭州的钱塘江水质还不错，可是因为江面过于宽阔，造成了两岸的视觉疏离。虽然每年都有新建筑，却无法营造伦敦或巴黎那样的气氛——当游船驶过时，乘客与岸边的人群会互动呐喊。而假如借G20首脑会议即将在杭州召开的东风，在江中央建造一座长方形的人工岛屿，再在岛上设立几座博物馆和会议中心，利用已建成的江底隧道沟通两岸，就可以兼具旅游和提升人气的功能。

原先，我有点担心潮水的袭击，但在多座杭州湾跨海大桥安然落成，甚至在海上建起豪华宾馆以后，这个想法再次浮现在我的脑海中。想当年修筑埃菲尔铁塔时，许多法国人反对，甚至客居巴黎的俄国作家托尔斯泰也冷嘲热讽，认为造这个铁家伙没什么用处。即便落成以后，来塔上用餐的莫泊桑也自我解嘲：这里是唯一看不见铁塔的地方。可是如今，埃菲尔铁塔早已成为巴黎的首要标志。而在与杭州临近的城市上海，浦东新区也与哥廷根一样命名了高斯街。

蔡天新

2015年春节，杭州莲花街

目　录

第二篇 汉诺威—不来梅—汉堡

第三篇 魏玛—莱比锡—慕尼黑

第四篇 柏林

第五篇 海德堡—斯图加特—法兰克福—科隆

附录

第一篇

哥廷根

Göttingen

1. 初见哥廷根

哥廷根，2002年初夏

很久以前，我在一本书里读到，二战期间，希特勒和丘吉尔有君子协定，德国不轰炸牛津大学和剑桥大学，作为回报，英国不轰炸海德堡大学和哥廷根大学。海德堡是德国第一所大学（正如牛津是英国第一所大学），尤以文科见长，而哥廷根是数学家的圣地，也是量子力学的诞生地。

2002年春夏之交，我在法国东北部靠近德国的南锡大学访问，临近结束时独自旅行到了柏林。在返回法国的旅途中，我造访了海德堡的一对朋友。那天是周末，我买了地区慢车票，只需20欧元便可穿越德国。不过,需在三个小站和一个大站中转,每站停靠10到20分钟。大站是法兰克福，小站之一正是哥廷根。

那天刚好是韩日世界杯的比赛日，中国队小组赛最后一场，对手是南美劲旅巴西队。我在哥廷根转车那会儿，已经开球了，但我无暇顾及，准备到法兰克福再找酒吧。哥廷根是数学王子高斯及其天才弟子黎曼所在的地方，希尔伯特在此建立了著名的哥廷根数学学派。

与记忆里的剑桥相似，哥廷根也只有三个站台。我来到车站广场，瞧了眼大学城。与别的城市一样，哥廷根车站也只写着德国铁路公司的缩写DB。虽然高斯从没乘火车旅行（临终前几个月出席了通车典礼），但希尔伯特时代的数学家和物理学家，必然常来这里坐车。

我遂想起一串名字：数学家狄里克雷、戴德金、克莱因、闵可夫斯基、诺特、外尔，物理学家韦伯、玻恩、普朗克、赫兹、海森堡、奥本海默。哥廷根曾出过47位诺贝尔奖得主，还有许多政客和文科大家，如洪堡、梅特涅、格林兄弟、叔本华、海涅、俾斯麦、胡塞尔。

哥廷根火车站

2. 重访哥廷根

哥廷根，2010 年夏末

我在哥廷根只停留了十分钟，便换乘另一列火车南下。在法兰克福车站的一个酒吧里，等待我的是严酷的比分 4 ∶ 0，中国队一球未进、一分未得便结束了世界杯之旅。那时我没有想到，八年以后，我会重访哥廷根，在这座遐迩闻名的大学城停留一个月，同时作客法兰克福书展。巧合的是，三年前我对剑桥的访问也是在初访八年后。

这次我是应哥廷根官方邀请，哥大承担了包括国际机票和生活费在内的所有费用。我从杭州萧山机场起飞，经停北京飞抵欧陆最大的法兰克福机场。先乘机场快线到市区，随即换乘北上快车前往哥廷根。两百来公里的车程，停靠黑森州的哈瑙、富尔达和卡塞尔三站。

哈瑙是 18 世纪童话作家格林兄弟的故乡，也是 20 世纪大作曲家欣德米特的出生地。哈瑙如今是格林童话节举办地，也是格林童话之旅的起点。富尔达是县级市，她与流经此城的同名河流哪个在先，我一时无法弄清。相比之下，卡塞尔可谓一座大城，规模超过了哥廷根。她在中国出名，是因为几年前的艺术节，北京艺术家艾未未率领 1001 位从未出过国门的中国人空降这座城市，成全了他本人最大的一次行为艺术。

顾名思义，卡塞尔（Kassel）的意思是要塞，二战期间是德军主要的飞机和坦克制造中心，因此后来遭受了盟军的毁灭性打击。又过了一刻钟，火车正点驶进久违了的下萨克森州哥廷根车站。那天恰好是周末，没有人来迎接，我按照学校外办秘书凯利的提示，搭乘公共汽车，找到了她事先为我租赁的甘地公寓。

希尔伯特街

3. 甘地公寓

哥廷根，2010 年夏末

甘地是印度的“圣雄”，甘地公寓是一幢单身公寓。哥廷根大学的公寓分两类，一类是单元式，内有三四个房间，通常每人一间。另一类就是甘地公寓这样，单间像是中国的筒子楼，不过每层都有一间带阳台的公共客厅，还有厨房和男女厕所兼淋浴房，洗衣房在地下室。单元式公寓一般要长租，住旅店又太贵，因此我选择了甘地公寓。

原先我以为，甘地公寓专租给第三世界国家的学生和访问学人，没想到任何国籍都可以，与我邻居的有下萨克森州和不来梅市的德国学生，其中两位是土耳其移民子弟。他们每餐在一起烧饭吃喝，像是一对情侣，却分住两个房间，也未见有亲昵动作。

管理员发给我一串钥匙，除了自己的房门以外，还有层门和厕所（这两个通用），大门口还有两道门，加上信箱，共五枚。德国大学保安还真严，与英国完全不一样，一位剑桥的毕业生曾告诉我，他大学期间从不锁自己的房门。看来英德之间，安保意识还真有差距。

一个月的时间不需买二手车或自行车，超市就在 200 米开外的地方，那里还有好几家餐馆，包括汉堡王和自助中餐馆，生活比较方便。可是，由于附近的一条街道在整修，公交车站相对有些远，离开公寓大约 400 多米左右，且到数学所必须要换车。

寝室不算大，八九个平米。当然，最重要的是景色，我推开窗户，还真不赖。楼下是一个翠绿的庭院，一点不比英国人的差。放眼望去，最近的公寓也有六七十米远，且包着脚手架，在重新刷白呢。也就是说，即便窗户全部打开，也没人可用肉眼看清我。

1
2

1. 甘地公寓　2. 窗前的风景

4. 数学研究所

哥廷根，2010 年夏末

星期一上午，吃过早餐以后，我便迫不及待地乘坐公车去了慕名已久的哥廷根数学研究所。那是克莱因、希尔伯特和他们的弟子们汇聚的地方，曾经是全世界数学工作者向往的圣地。虽然那个激动人心的年代已经远去，但接近它仍然有一种幸福感。

我先坐到大学图书馆，再从那里换车去市中心的集市广场。数学研究所紧挨着哥廷根唯一的环线南路，那里离开集市广场不远。本来我有三种以上的到达路线，头一次自然要选择人人皆知的集市广场作为终点，然后从那里穿过环线马路，步行到研究所。

老远我就看见两座灰色陈旧的砖瓦楼房，一高一矮，那高的是中外许多数学史书里都有照片的建筑物，包括李文林先生所著的《数学史概论》(高等教育出版社，2000 年版)。那矮的建于 19 世纪，希尔伯特当年的办公室就在里面，据说他从未要求迁居新大楼。

新大楼有三层，呈 T 字型，建筑面积约是旧楼的八九倍，由美国洛克菲勒公司捐资，1930 年落成，并没有要求冠名。我从秘书那里要来钥匙，我的办公室在顶层，且要穿越阅览室才能抵达。走廊两侧挂满了装在玻璃镜框里的肖像，全是在所里工作过的名数学家，像冯·诺伊曼那样仅做过学生或博士后的不在其列。

办公室的面积比甘地公寓的房间略小，但有一张旋转椅、一个长沙发和一块黑板，写字台和沙发扶手上堆放着一些书籍。秘书告诉我，前一位访问学人已经结束，但他外出旅行了，回来时会来收拾行装。我请计算机管理员配置一台电脑，把手提电脑留在公寓里。

哥廷根数学研究所

5. 希尔伯特小道

哥廷根，2010年夏末

走进办公室，第一件事是打开窗户，旋即看到一幕优美的景致。一块半圆形的草地，略微高出地面，中间栽有一棵茂盛的绿树。虽不是很高大，却结了不少红色的小野果。后来我问了好几位同事，都不知道果实的名字。草地外围是条单车道，似乎没什么用场，右侧是停车场，正停着一辆红色的和一辆蓝色的两厢车。

显然，红车的位置是最好的停车位，正对着研究所大楼的小门。我的第一个判断是，那个车位曾属所长希尔伯特专用，因此把这条半圆形的车道戏称为“希尔伯特小道”。后来得知他的办公室在对面的那幢小楼，才对自己的判断有所怀疑。再后来，我造访了希尔伯特的故居，在几里外的韦伯街，房主告诉我，大师每天步行上下班。

1862年，希尔伯特出生在普鲁士的格尼斯堡，如今是俄罗斯的一块飞地，易名加里宁格勒，周围是波兰、立陶宛和波罗的海。当年他就读的是故乡的格尼斯堡大学，他选择的数学专业隶属哲学系，那正是哲学家康德执教的系。统一后的德意志有条规定，从第二学期开始，每个学生都可以到本国任何地方的一所大学修课，希尔伯特选择的正是哥廷根大学，因为那是“数学王子”高斯生活过的地方。

说到康德这位近代最伟大的哲学家，他终生未婚，始终过着禁欲主义的生活。不仅如此，康德毕生都在故乡那座偏远的城市度过，据说他最远的一次旅行是到离家60英里外的小镇阿恩斯多。每天同一个时间，康德都会沿同一条小路散步，邻居们甚至利用这一点对表。也正因为有了“康德小道”，我才想起“希尔伯特小道”这个名称。

希尔伯特小道

6. 罗马尼亚人

哥廷根，2010 年夏末

到哥廷根的第三天，邀请我来的普莱达·米哈伊内斯库（Preda Mihăilescu）教授从外地开会回来，约我到他办公室晤面。普莱达是一位瘦弱的罗马尼亚人，1955 年出生在布加勒斯特。1973 年，他随家人离开齐奥塞斯库统治的祖国，移居瑞士法语区。而年长四岁的哥哥文蒂勒则留在罗马尼亚，成为著名的文化人类学家。

普莱达曾长期在一家指纹识别公司工作，1997 年，他获得瑞士联邦工业大学数学博士学位时已经 42 岁了。起初，因为语言的障碍（他的法语比德语好些），他在德国西部帕德博恩大学做研究工作，2002 年证明了著名的“卡塔兰猜想”后，才被聘请到哥廷根大学任教授。

下面我们来说说“卡塔兰猜想”，这是由法国数学家卡塔兰在 1844 年提出的，当时已存在了一个半世纪。说的是，8 和 9 是唯一一对相邻的正整数，它们都是整数的幂。事实上，8 是 2 的立方数，而 9 是 3 的平方数，这里幂必须是二次或高次。

其实，卡塔兰猜想的历史可以上溯到 14 世纪。法国犹太数学家、哲学家、神学家格尔松尼德在 1343 年出版的一本叫《数的和谐》的书中证明，如果限制为 2 或 3 的幂，那么上述问题只有那一组解。值得一提的是，那时法国还没有出过一个有名的数学家。

普莱达超越众多的数学大家，证明了这个古老的猜想，用了大量分圆域和伽罗华模的理论。论文经过严格的审查，发表时已是 2004 年，如今这个猜想被称为米哈伊内斯库定理。这并非数学史上唯一以罗马尼亚人命名的定理，但在数论领域无疑是最重要的一个。

和普莱达一起用餐

7. 高斯天文台

哥廷根，2010 年夏末

我对“卡塔兰猜想”很感兴趣,知道广义“卡塔兰猜想”仍未证明。它说的是，除了 8 和 9，只有另外 9 对整数幂，它们的差也是整数幂，此处要求三个幂的倒数之和小于 1。最小的一对是 49 和 81，它们分别是 7 的平方和 3 的四次幂，其差 32 是 2 的五次幂。

容易看出，此猜想也是费尔马大定理（FLT）的推广，因此又被称作“费尔马 – 卡塔兰猜想”，它在所谓的 abc 猜想假设下是显然的。受此启发，回国以后我把加法和乘法数论相结合，提出了一系列新问题，并与研究生们做了探讨，发表后引起同行的注意。普莱达也在他为《欧洲数学会通讯》撰写的一篇综述文章中，专节予以探讨，并赞其为“阴阳方程”。

普莱达是个美食家，那一个月里他带我吃遍哥廷根的异国餐厅。当然,我们是 AA 制。间或我们聊起罗马尼亚的艺术,雕刻家布朗库西、剧作家埃内斯库、诗人查拉和策兰，还有体操运动员科马内奇。我这才发现，他也是诗人，我遇见的每个罗马尼亚人几乎都是诗人。

有一天午餐后，普莱达陪我去了哥廷根天文台，高斯曾是那里的首任台长。天文台位于开普勒街，与数学所相距不过两站路，步行一刻钟就到了。这是一幢两层楼房，呈轴对称，据说当年高斯全家都住在这里。普莱达告诉我，天文台早已弃用，可是依然窗明几净。

原来，这里已改成小型会议中心。德国人确实精明，知道会议举办单位和参会人士都愿意借用高斯的福地。果然高斯是块金字招牌，我参观那会儿，一个国际性的生物制药学术会议正在举行。当然，此处只提供会议室，吃住另安排在哥廷根的宾馆里。

高斯天文台

8. 哥廷根短街

哥廷根，2010 年夏末

看完高斯天文台我仍不满足，因为有会议在召开，故我们无法参观内室。普莱达便带我去看另一处高斯故居，那是在通往集市中心的一条小路上。路的名字叫 kurze，中文意思是：短街。果然街如其名，短街长度不到 50 米，却住过不少名人。

首先，我看到的是西侧的高斯故居。挂在二楼一扇紧闭的窗户下面的牌匾上写着：卡尔 · 弗里德里希 · 高斯，1808–1816。也就是说，高斯是 31 岁那年搬进来的，在这里住了八年，那时他早已经是正教授和台长了。因为有人住着，我无法入内参观，但已足矣。

这是我在哥廷根看到的第一块牌匾，后来，我几乎在每条路上，都看到这样的牌匾。这不仅是德国，也是整个西方的传统，这样做既经济，又不失纪念意义。相比之下，中国的许多名人故居完整保留（仅杭州就有几十家），占着很大空间，利用率很低，着实有些浪费。

多年以前，我读过一部高斯传记，也写过一篇文章《高斯：离群索居的王子》，知道高斯那几年的经历。他家事繁忙，天文台又在建，学问做得并不多。高斯搬来短街的当年和次年，长女和次子接连出生。可是，紧接着五个月内，他的妻子难产去世，次子也夭折了。再后来，他又娶了第二个妻子，在此屋生下两个儿子和一个女儿。

第一任妻子去世后，高斯曾陷入绝望。此前他在给友人的信中写道："居家的快乐生活一天天飞逝，不论女儿长出一颗新牙，还是小儿认得一个新字，对我们来说，就像是发现一颗新星或一个新的定理。"1816 年，天文台竣工，高斯全家便从这里搬走了。

高斯故居

9. 匈牙利父子

哥廷根，2010 年夏末

短街共住着十几户人家，却挂了三块匾牌，除高斯以外，还有一位匈牙利数学家，他的名字叫沃尔夫冈·鲍耶，故居的三块玻璃窗擦得铮亮。鲍耶比高斯年长两岁，却晚一年（1796）考入哥廷根大学数学系，他在这里住了三年。鲍耶是高斯最要好的朋友，他们的友谊维持了一生。在他返回匈牙利以后，两人仍保持了半个多世纪的通信。

前文提到高斯的那封信，正是写给鲍耶的。1797 年，鲍耶曾陪同高斯徒步到不伦瑞克探望高斯双亲。等到高斯走出房间，他的母亲迫不及待地问鲍耶儿子的前途如何。当听到回答“他是全欧洲最伟大的数学家时”，她已老泪纵横，那年高斯才 20 岁。看来短街当时住着学生和年轻教师，高斯读书时便常来，也因此后来选择此地安家。

说到鲍耶，不能不提及他的儿子约翰。小鲍耶是匈牙利历史上最伟大的数学家，非欧几何学的三个发明人之一，他的一句名言是：从虚无中，我开创了一个新的世界。从哥廷根毕业后，老鲍耶回匈牙利教书，成家立业，1802 年生下约翰。小鲍耶从小在父亲的指点下学习数学，后考入维也纳帝国学院，毕业后在军事部门从事研究工作。1831 年，他的伟大发现作为父亲的著作附录发表，未引起重视。

不幸接踵而来，先是母亲病故，后车祸致残，小鲍耶退职回家。父子常有冲突，最后他独自迁至偏僻乡村（今属罗马尼亚）。他和当地一女子生下三个孩子，默默无闻地度过余生，晚年专心文学创作。58 岁那年死于肺病，34 年后匈牙利政府修复了他的墓地。又过了 11 年，设立了鲍耶数学奖，前三位得主分别是庞加莱、希尔伯特和爱因斯坦。

鲍耶故居

10. 君子韦伯

哥廷根，2010 年夏末

短街南端有一座化学家维勒的塑像，鹅卵石的地上刻着尿素的分子式。1828 年，维勒首次从无机物中合成有机物尿素，同时他还发明了金属铝的制备法。维勒也是一个勤勉的教师，在他的精神感召下，哥廷根大学在 20 世纪涌现出十多位诺贝尔化学奖得主。

再往南有一条绿化带，耸立着高斯—韦伯塑像。远远看起来，更像是一对主仆而非合作者。维勒合成尿素那年，高斯在一次会上听了韦伯的学术报告，便邀请他出任哥廷根物理学教授，开始了愉快而卓有成效的合作。次年，高斯给友人写信："我的生活因为他的出现而变得更加精彩，他的性格非常亲切而又富有天赋。"

他俩一个擅长理论，一个动手能力强，通力合作研究地磁学和电磁学。除了有线电磁电报以外，韦伯还发明了既可测量地磁强度又可测量电流强度的双线电流表，既可测量电动力学单位又可测量功率的电功率表，以及测量地磁强度分量的地磁感应器等。

1837 年，在那场著名的反对废除自由宪法的"七君子事件"中，韦伯与其他六位教授（包括格林兄弟和高斯的女婿）失去了教职。此后他前往莱比锡大学任教，直到 1849 年才重返哥廷根，继任高斯的天文台台长职位，但没有再担任教职。

1881 年，在巴黎召开的一次国际会议上，德国代表团团长亥姆霍兹（他率先给出能量守恒定律的数学证明）慷慨地建议用法国物理学家"安培"取代已广泛使用的"韦伯"作为电流强度单位。1935 年，作为一个迟到的补偿，"韦伯"成了磁通量的单位。

高斯—韦伯塑像

11. 集市广场

哥廷根，2010 年夏末

从短街向西北，经过哥廷根的“肚脐”，便到了中心广场。因为广场中央摆了许多农贸小贩摊，俗称集市广场。此地与剑桥市中心的农贸市场相比，面积稍小，内容却相近，鲜花、水果、牛奶，有时还有旋转木马供孩子们玩耍。一旁高大的红砖建筑物是旧市政厅，墙脚上写着：哥廷根之外没有生活。教授们曾经相信，这里是世界的中心。如今此楼已成旅游咨询中心，游人可以索取地图或购买纪念品。

1833 年，高斯和韦伯联合发明了有线电报。当年他们使用的电线长 1000 米，连接着天文台和物理馆，最高点正是架设在旧市政厅上。据说他们发的第一封电报内容是，Michelmann kommt（迈克曼来了）。迈克曼是哥廷根大学的一位技工，也是他们的助手。韦伯比高斯年轻 27 岁，他们不仅是黄金搭档，也情同父子。

高斯和韦伯的电报术利用了丹麦人奥斯特的电磁转向与电流方向垂直原理（1820）和苏格兰人法拉利的电磁感应原理（1831）。这项发明使得高斯的声望首次超出学术圈进入公众，但他们的商业意识不太强，一直使用那台电报机，直到 1845 年被一次闪电打坏为止。其时，在英国和美国，电报产业早已如火如荼地开展起来了。

我对集市广场最温馨的记忆来自露天咖啡座，天气好的时候，要一杯冰镇啤酒坐在那里，看看旋转木马或街头艺人的表演，以及牧鹅少女和喷泉四周的游人。我一直认为，每所大学都应该有一处聚集人气的地方。这个奢望并不过分，在中国却不太容易实现。值得一提的是，哥廷根城南有一座荣格剧院，院前广场真的每周有一次集市。

哥廷根的“肚脐”

12. 牧鹅少女

哥廷根，2010年夏末

在集市广场的西南角，即旅游中心门前，有一个六角形的喷水池。水池中央立着一座牧鹅少女铜像，她身边还有一只鹅，水池周围常有学生、市民和游客坐着聊天。来哥廷根之前，我便在季羡林先生的回忆录《留德十年》里了解到，每逢颁发博士学位，戴博士帽的学生都要来此亲吻牧鹅少女，拍照留念。这个浪漫的举动已成为哥廷根的传统，牧鹅少女也成为大学的精神象征。

《牧鹅少女》是格林兄弟的童话故事。在中国，格林兄弟应该是知名度仅次于安徒生的西方古典童话作家，他的《白雪公主》、《灰姑娘》、《小红帽》、《青蛙王子》、《渔夫与他的妻子》等故事可谓家喻户晓，可能由于我小时候正值"文革"，这些童话故事少有耳闻，记忆里除了革命样板戏以外的童话书也就是《孙悟空三打白骨精》之类。

在《牧鹅少女》这则童话里，心地善良的公主带着坏心肠的女仆出嫁远方，不料被女仆陷害，变成看鹅女。女仆自己则冒名顶替，嫁给了王子。后来，这个骗局终于被老国王发现，恢复了公主原来的身份。不过，这则故事与哥廷根并无关系。当格林兄弟应聘来到哥大时，早已经人到中年了，兄弟俩分别担任图书管理员和教授，再也没有写作童话。

不仅如此，七年过后，汉诺威新国王宣布取消过于自由化的旧宪法，于是发生了著名的"哥廷根七君子事件"。当时的哥廷根隶属汉诺威王国，格林兄弟与另外五位教授向国王提出抗议，声明他们已宣誓效忠旧宪法，结果被免去教职，其中三位还被勒令离开汉诺威。

牧鹅少女铜像

人们在喷水池边小坐，聊天

13. 利希滕贝格

哥廷根，2010 年夏末

在集市广场，除了牧鹅少女，还有一座铜像，是物理学家兼讽刺作家利希滕贝格的全身像。这尊铜像立在西北角，与牧鹅少女形成对应。铜像立在地面，高度不足一米七，估计是真人大小。在身材普遍高挑的德国，显得尤其矮小，也因此让人感觉可亲，游人们喜欢站在身边与他合影，有的还把手搭在他的肩上。

利希滕贝格生活在 18 世纪，他出生时哥廷根大学刚开办不久，他可能是哥廷根最早的名人之一。毕业后利希滕贝格留校工作，后来出任物理学教授。他的研究领域甚广，兼及数学、天文学、化学、气

利希滕贝格铜像

象学、火山学。他在物理学领域最主要的成就是，发现静电复印技术的基本原理，他复制的影像如今被称为“利希滕贝格图像”。

作为讽刺与幽默作家，利希滕贝格也在德国的同类作家中名列前茅，他的尖刻诙谐常常使其陷入与同代作家的争论。不过，仍有不少作家推崇他，歌德把他的作品比作“指明问题所在的神奇魔杖”。托尔斯泰将他的《格言集》列入由“杰出作家的杰出思想”组成的“阅读范围”，甚至还抱怨说，“搞不懂当代德国人何以忽略了利希滕贝格，而醉心于尼采那种俏丽的小品”。

利希滕贝格有句名言：天才即勤奋。我记得东柏林有一个区叫利希滕贝格，但不知道与这位哥廷根名人有无关联。2004 年柏林文学节期间，我被主办方安排在东柏林的一座公寓里，偶然发现利希滕贝格区的一座公墓里葬着两位著名的社会主义者——李卜克内西和卢森堡，以及女版画家珂勒惠支，后者深得鲁迅的赏识并曾撰文推介。

14. 雅可比教堂

哥廷根，2010年夏末

在欧元发明以前，德国流通马克。在10马克纸币上，反面印着高斯头像，正面印着哥廷根五大建筑。前三座分别是，建于14世纪的圣约翰教堂，那是全市最古老的建筑，有着造型各异的双塔；建于14世纪后期至15世纪前期的旧市政厅；以祭坛的雕刻精美闻名的雅可比教堂，最醒目的部分是尖塔，属于哥廷根的标志性建筑。

还有两座19世纪的建筑，一是前文提到的天文台，二是威廉广场上的大讲堂，肃穆庄严而不失清丽，系英国—汉诺威王朝（1714—1837）末代君王威廉四世在哥廷根建校一百周年时所赠。当年，威廉四世去世，由其侄女维多利亚继任英王。可是，按法制女人不得继承汉诺威王位，遂又分开，汉诺威由威廉四世的弟弟奥古斯特继位，正是他废除了旧宪法。

雅可比教堂位于韦伯街，其尖塔紧邻马路，给人的感觉是气势恢弘。不过，对于十几万人口的小城来说，它实在过于高大威猛了。有几次我从路旁走过时，担心它会倒塌下来，那会把整条街的行人压着。不巧的是，我在哥廷根访问的那一个月，雅可比教堂的塔楼全封闭修整，这样我就无法去看传说中的祭坛了。

遗憾的是，我始终未能弄清雅可比教堂的来历和建造年份。我所知道的是，比高斯稍晚的德国数学家雅可比是柏林最主要的数学家，他与挪威天才阿贝尔各自独立创建并发展了椭圆函数理论，至今仍在许多数学领域发挥重要作用。在数论方向，雅可比符号是判定二次剩余的重要工具。尽管如此，这座教堂应与数学家雅可比无关。

正在整修的雅可比教堂

15. 大学图书馆

哥廷根，2010 年夏末

前面谈到，1830 年，格林兄弟双双应聘哥廷根大学，其中哥哥雅各布出任教授兼首席图书管理员。这不是雅各布第一次担任图书管理员，早在 1808 年，他被任命为明斯特的西伐利亚图书馆管理员，这项工作给他们的童话收集带来了便利。1812 年，格林兄弟便出版了第一卷童话，即《献给孩子和家庭的童话》。

格林兄弟从农民那里收集故事，同时，也从其他文化和语言已发表的作品中收集，这一点引起了争议。雅各布侧重于研究工作，弟弟威廉则将收集来的材料变成童真风格的文学作品。1816 年，雅各布又成了卡塞尔的图书管理员，威廉也被聘用。之后，他们出版了两卷德国传奇故事和一卷早期文学史。

虽说郊外已建成一座现代化多功能的新图书馆，老图书馆人气依然很旺。它的底层入口处旁边有一道圆柱形的墙面，任凭各种彩色的广告张贴其上，堪称其标志。哥廷根大学虽以自然科学（尤其数理化）见长，但在人文社会科学领域也培养出若干杰出的人才，他们一般比自然科学家更多地出入大学图书馆。

文学家除了利希滕贝格和格林兄弟，哥廷根还出了诗人海涅，他在此取得法学博士学位；哲学家有叔本华和胡塞尔，他们分别是哥廷根的博士和教授；还有社会学家韦伯和哈贝马斯，两人都在哥廷根读的本科。如今鲜为人知的沃伊肯、奎德和瑟德布洛姆（瑞典籍），则先后获得过诺贝尔文学奖与和平奖，其中沃伊肯作为哲学家，比柏格森、罗素和萨特更早得文学奖。

哥大老图书馆的标志性石柱

16. 高斯之墓

哥廷根，2010 年夏末

说到哥大图书馆，我们不得不再次提到“数学王子”高斯。虽然自然科学家一般待在自己所属院系或研究所的专业图书馆里就够了，但高斯年轻时候兴趣广泛，18 岁那年，已是哥廷根大学一年级学生的他仍对从事数学还是哲学研究举棋不定。

那年高斯发现了正 17 边形的作图方法，解决了有两千余年历史的数学悬案，才选定数学为自己的专业。虽然如此，他仍喜欢阅读文学作品。高斯精通英语、法语、丹麦语，对意大利语、西班牙语和瑞典语也略知一二，他的私人日记是用拉丁文写的。晚年他又开始学习俄语，部分原因是为了阅读年轻的诗人普希金的原作。

据说高斯把歌德的作品遍览无遗，却不怎么推崇，他爱看蒙田、卢梭，却不喜欢莎士比亚的悲剧。他最钦佩的英语作家是司各特，当有一次发现司各特有关自然景观描述中的一个错误（满月从西北方向升起），他不仅在自己书上改了，还跑到书店里把未售出的书都改了。

高斯的童心也表现在哥大图书馆的阅览室里。1848 年，一个名叫“反革命”的文学俱乐部在哥廷根成立，71 岁的高斯是会员之一。他每天中午都要去阅览室，把要看的报刊叠成一堆，垫在屁股下，一份份抽出来看并作笔录。如果某位学生在看他想看的报纸，他会盯着人家，直到人家把报纸送上为止，同学们都戏称他是“阅览室之霸”。

相信高斯也好，哥廷根也好，都得益于这份固执和童真。1855 年 2 月 23 日，高斯在睡梦中与世长辞，被安葬在城里的奥尔巴尼公墓，那是一座小型墓地，高斯的墓碑高耸其中，显得有点鹤立鸡群。

高斯之墓

17. 狄里克雷之墓

哥廷根，2010 年夏末

高斯去世后留出两个职位，其中天文台台长先前已由韦伯继任，数学教授的继任者是狄里克雷。说到狄里克雷，他比雅可比晚一个月出生，与高斯和哥廷根并无直接关联，但他生活的年代，德国数学正经历着以高斯为前导的、由落后转为兴旺发达的时期。

狄里克雷在少年时便表现出对数学的浓厚兴趣，常常用省下的零花钱购买数学书。中学时他曾求学科隆的一所教会学校，在那里师从物理学家欧姆，学到了必要的物理学知识。等到 16 岁中学毕业，虽说父母希望他攻读法律，他却选定数学作为终身职业。

当时的德国数学界，除高斯一人名噪欧洲，普遍水平仍比较低，而高斯又不爱教学，于是狄里克雷决定到巴黎去上大学（雅可比则去了柏林）。狄里克雷的博士导师是泊松和傅里叶，那时他随身携带高斯的《算术研究》，可谓第一个读懂高斯的读者。四年以后，他返回德国，娶哲学家门德尔松的孙女、音乐家门德尔松的妹妹为妻。

狄里克雷在数论、分析和数学物理领域都有着非凡的成就。对我而言，他最漂亮的工作要数 1837 年柏林时期证明了法国数学家勒让德的猜想：若 a、b 互素，则等差数列中 an+b（n=0，1，2…）中存在无穷多个素数，那是两千多年前欧几里得素数理论的重要推广。

能够继任高斯的职位无疑是个莫大荣誉，狄里克雷从柏林来到哥廷根。可惜好景不长，三年后他去瑞士开会，突发心脏病。虽安全返回哥廷根，病未痊愈却又遭夫人中风身亡的打击，次年春天与世长辞。夫妻俩被安葬在哥大图书馆一家折价书店对面，是座方形的墓穴。

Peter Gustav
Lejeune-Dirichlet
Rebecca Henriette
Lejeune-Dirichlet

狄里克雷之墓

18. 黎曼故居

哥廷根，2010年夏末

狄里克雷去世时年仅54岁，那是在1859年，他的职位由黎曼接替。其实，四年前高斯去世时，以黎曼的学术水准，他已具备接班条件。可是，那会儿黎曼还不到30岁，尚没有成为副教授，加上德意志人依然缺乏自信，于是，哥廷根人从柏林聘请了巴黎留学归来的狄里克雷。

黎曼出生在汉诺威王国的一个多子女牧师家庭，从小营养不良。6岁时他的数学天分已显露出来，经常出难题捉弄哥哥姐姐。中学校长发现了他的数学才能，私下借书给他，有一次他借阅了法国数学家勒让德800多页厚的巨著《数论》，不到一个星期便看完归还了。

1846年春天，黎曼进入哥廷根大学，专修语言和神学，但他爱听数学和物理课，包括高斯开设的最小二乘法的课程。一年后黎曼转到柏林大学，在那里待了两年。回哥廷根后即着手做博士论文，两年后他以《单复变函数一般理论基础》通过答辩，受到高斯的高度评价。

又过了三年，为谋求无薪讲师职位，黎曼提交了三篇论文，高斯指定宣读《论几何基础的假设》，其中他建立了黎曼几何学，并统一了非欧几何。之后，黎曼搬进了十字路口的这座公寓，在此住了三年，直到升任副教授。有关zeta函数的零点，很可能是在此屋酝酿的。

1862年，36岁的黎曼结婚了，不久患上肺结核。在去过几次意大利马焦雷湖畔疗养后，终于一病不起，逝世并葬于异乡，享年40岁。黎曼生前只发表了十篇论文，却是复变函数论、解析数论、几何学、常微分方程、实分析、数学物理和物理学等领域的开拓者。他提出的"黎曼猜想"是数学史上的不朽谜语，被公认为是最伟大的数学猜想。

1
2

1. 黎曼故居　2. 哥廷根数学所里的黎曼肖像

19. 格林兄弟小学

哥廷根，2010 年夏末

每天我去数学研究所路上，都会经过一条大街，街角有一座圆顶石塔和几座黄色砖房，颇为引人瞩目。有一天，我回公寓时提前下公车，看见一个巨人。黄楼墙壁上写着 Bruder Grimm Schule，我猜出那是格林兄弟小学。不过，那会儿暑假尚未结束，大门一直紧闭。

格林兄弟雅各布和威廉年纪只相差一岁，是五个兄弟中的老大和老二，还有一个妹妹。由于父母早亡，他们很早就开始负责照料弟妹们。两人均就近上了马尔堡大学，如果以马尔堡这座城市为圆心，70 公里为半径，则可以把法兰克福、哈瑙、富尔达和卡塞尔全画在里面。

马大虽不及哥大有名，也出过不少人才。理科方面，有大陆漂移学说创立者魏格纳和十来位诺贝尔奖得主；文科则以哲学见长，校友中有卡西尔、伽达默尔、海德格尔、海伦特，后两位堪称 20 世纪最负盛名的哲学情侣，虽说他们的爱情看起来不像法国人萨特和波伏娃那样牢固。甚至俄国作家帕斯捷尔纳克也慕名前来，攻读新康德主义。

格林兄弟念的是法律，但却热爱民间歌谣。30 岁前后，两人放弃律师生涯，专心于文学创作。他们共收集了 2000 多则童话，且大多是民间口头流传的。雅各布擅长历史，威廉则文采斐然。格林童话可以说是“科学的”民间故事集，同时也奠定了民俗学的基础。

最后，说说格林这个译名，它与英国数学家乔治·格林（Green）、作家格雷厄姆·格林（Greene）其实都不同名。历史语言学中的格里木定律（Grimm's law）是雅各布·格林发现的。这个定律说的是，日耳曼诸语言与欧洲、西亚诸语言之间有显著的对应关系。

格林兄弟小学

Kath. Kirchengemeinde St.Paulus

20. 普朗克中学

哥廷根，2010 年夏末

schule 这个德语单词很容易让人联想到英语里的 school，另外一个德语单词 gymnasium 就难猜了，开始我以为是体育馆的意思。Max-Planck Gymnasium 距格林小学只有几百米远，有一天，我突然怀疑起来，物理学家马克斯·普朗克与体育有什么关系呢？于是查了字典，才知 gymnasium 的意思是中学，而 schule 是小学。

普朗克是 20 世纪最著名的物理学家之一、量子力学的奠基人。量子力学对原子和亚原子的理解起到革命性的作用，正如爱因斯坦的相对论对时间和空间的理解起到革命性的作用。两个理论构成 20 世纪物理学的基础，迫使人们改变遵循已久的哲学信仰，导致在工业和军事方面的应用，这些应用影响了我们的现代生活。普朗克的贡献在于，他提出了辐射量子假说，并给出了象征比例系数的普朗克常数。

其实，普朗克并非哥廷根校友，但其家族与哥大渊源深远。他的曾祖父和祖父都是这里的神学教授，叔叔是法学教授，他的父亲执教于北部的基尔大学和南方的慕尼黑大学，因此他在那两座城市出生、长大。1879 年，21 岁的普朗克获得慕尼黑大学博士，那年恰好爱因斯坦出生。十年后他受聘柏林大学，在那里度过了大半辈子。

普朗克并非犹太人，但在战争期间仍然遭遇厄运。50 岁的时候，他的夫人去世，两个儿子分别死于一战和二战，一对双胞胎女儿先后嫁给同一个男人，均死于难产。他在柏林的住宅被彻底炸毁，二战结束后，美国军官把他和第二任妻子以及他们所生的儿子带到哥廷根，在这幢嫩黄色的房子里度过了生命中的最后两年，享年 89 岁。

1
2

1. 普朗克中学　2. 普朗克故居

21. 海森堡故居

哥廷根，2010 年夏末

普朗克故居位于城东一条僻静的短街上，是一幢两层楼房。那里离歌德学院不远，同一条街上还有晚辈物理学家海森堡故居，后者洁白、清新、高大，车库别具一格。海森堡与普朗克的生命交点还有慕尼黑和柏林，虽说不在同一个时期，此外便是哥本哈根。海森堡是丹麦人尼尔斯·玻尔的学生，在那里他发现了测不准原理。

1925 年，海森堡在哥廷根做无薪讲师（酬劳从选修生学费中提取）期间，同时给马克斯·玻恩当助手（也跟希尔伯特学数学），开始酝酿他的量子理论。加上后来加入纳粹党的约尔丹，三个人合力创建了矩阵力学。普朗克在柏林大学的继承人薛定谔则建立了波动力学，虽然两种力学差距很大，但结论是一致的。

那会儿，年轻的海森堡正患枯草热，医生建议他到北海的赫尔戈兰岛（离哥本哈根不远）休息两周，他利用这段时间完成了自己的发现。他在自传里回忆说，那时他根本不想睡觉，每天时间分成三部分，分别用来计算量子力学、攀岩和背诵近东国家的诗集，散步时则在思考解决问题的数学方式。

我不知海森堡初来时下榻何处，但应该不如这里舒适。战后他重返哥廷根，出任普朗克物理研究所所长，在这里住了 11 年，直到研究所搬迁慕尼黑。1937 年，在获得诺贝尔奖五年后，35 岁的海森堡第一次结婚，连续生了七个孩子。虽然他并不喜欢纳粹，但二战期间一直居留德国。他的博士生里有中国来的王福山，曾在哥廷根留学四年，回国后任复旦大学物理系首任主任。

1
2

1. 海森堡故居　2. 车库别具一格

22. 物理研究所

哥廷根，2010 年夏末

德国没有国家科学院，马克斯·普朗克科学促进协会（MPG）可谓替代物，简称马普协会，其前身是威廉皇帝协会，由此也可见普朗克在德国科学界的地位。马普协会下设 80 多个马普所（MPI），分散在德国各地，尤以慕尼黑、哥廷根、海德堡和柏林居多，甚至意大利也有，如佛罗伦萨的艺术史研究所。

马普所的研究领域主要分三类，即生物学和医学，物理学和化学，人文科学。数学相对较少，仅有两个，设在波恩和莱比锡。哥廷根的马普所有四个，分别是生物物理化学所、实验医学所、流体动力学所和历史所。这几个马普所有的已迁至郊外，比如生物物理化学所，我曾经在一次郊游中见到。

马普协会之所以没有把哥廷根数学所容纳进去，我想是哥廷根（还有柏林大学）的历史地位太高实力太强，这个所的元老克莱因、希尔伯特年纪与普朗克不相上下，更不要说前辈高斯和黎曼了。同样的原因，哥廷根也没有纯物理的马普所。哥廷根物理所已经迁移，老所就在数学所旁边，每天中午我们去教师餐厅午餐都要路过。

那是一幢红色的砖房，每个阳台上有盆栽的花卉，我不知道它的新主人是谁，两块牌匾上分别写着，理论物理所和第一、第二物理所。哥廷根的诺贝尔奖得主，有一大半出自这座房子。在哥廷根土生土长的物理学家中，必须要提到马克斯·玻恩，他对哥廷根物理学派的形成起到至关重要的作用。还有美国人奥本海默，“曼哈顿计划”的领导人，有着“原子弹之父”的美誉，也在哥廷根取得博士学位。

物理研究所

23. 马克斯·玻恩

哥廷根，2010 年夏末

马克斯·玻恩出生的德国城市叫布雷斯劳，二战结束后割让给了波兰，改名弗罗茨瓦夫。这是历史地理区西里西亚的一座名城，原来是德国第六大城市，现在是波兰第四大城市。她是仅次于首都华沙的第二大金融中心，同时也是十位诺贝尔奖得主的出生地。

2012 年夏天的欧洲杯由波兰和乌克兰联合举办，两国各有四座城市承办比赛，弗罗茨瓦夫是其中之一。玻恩在故乡念完中学又念大学，后转学海德堡和苏黎世。1904 年来到哥廷根，在魏尔斯特拉斯的学生荣格指导下获得博士学位，毕业论文是关于弹性力学。

据说玻恩的继母是闵可夫斯基在格尼斯堡业余舞蹈班的同学，故而他一到哥廷根，就与数学家们混得烂熟，常应邀出席希尔伯特和闵可夫斯基家的聚会。玻恩毕业后留校做了一名无薪讲师，后被聘请到柏林大学，在那里与爱因斯坦结为挚友。

1921 年，玻恩重返母校哥廷根，担任物理系主任，使之成为世界理论物理中心，吸引了许多物理学家，只有丹麦的玻尔研究所可以与之媲美。纳粹上台后，玻恩被迫离开德国，在剑桥和爱丁堡大学任教。退休后又重返哥廷根，在附近小镇居住，从事统一场论的研究。

1953 年，71 岁的玻恩荣获哥廷根荣誉市民称号，次年他获得诺贝尔物理学奖，比他的一些学生、助手（如海森堡、泡利、斯特恩）晚许多年，是个迟到的褒奖。1970 年，玻恩在哥廷根去世，安葬在城市公墓入口，与前辈物理学家韦伯相邻。公墓中央还有一座弧形的诺贝尔纪念碑，在哥廷根逝世的每位诺奖得主都有一块这样的纪念碑文。

1
2

1. 玻恩和韦伯之墓　2. 公墓中央的诺贝尔纪念碑

24. 克莱因教室

哥廷根，2010 年夏末

在数学研究所的顶层，有一间 30 多平方米的老教室，里面摆放着四张旧式木头长桌和几十张可以并拢的半圆形椅子。由于我来访时正值暑期，没有学生上课，教室的门锁着。有一天，我问秘书借来钥匙，进去参观了一番。我主要是想看墙上的画像，到底有谁呢？

进门以后，首先看见的是克莱因和希尔伯特的巨幅彩色肖像，分贴教室两头。在他们下方，各有一溜 12 张小的黑白画像，面积只有大的十分之一。记得有毕达哥拉斯、欧几里德、阿基米德、卡尔达诺、伽利略、费尔马、帕斯卡尔、牛顿等，有的从未在别处见过。

1849 年，克莱因出生在德国西部的杜塞尔多夫，与诗人海涅同乡。他的祖父是铁匠，父亲是州长私人秘书。克莱因对数学产生兴趣纯属偶然，他起初读的是文科中学，只是在朋友家里，才接触到一些化学、动植物学、天文学以及工业技术方面的初步知识。

16 岁那年，克莱因进入波恩大学，主修植物学，后成为实验物理学家布吕克尔的助手。没想到，数学也是这位老师的所爱，这诱发了弟子的兴趣，在老师去世后承担起遗著的整理工作。之后，克莱因全身心地投入几何学研究，发表了著名的《埃尔兰根纲领》，试图用几何学统一数学。而早年的文科教育也有成果，他的妻子是哲学家黑格尔的孙女。

克莱因交游甚广，足迹遍及德国各大名校，以及法国、英国和意大利。后来在与法国数学家庞加莱的友好竞争中败下阵来，用脑过度弄垮身体，1886 年来到哥廷根，更多也更有效地从事教学和组织工作，等到 1895 年聘来希尔伯特后，哥廷根便成为世界的数学中心。

克莱因教室墙上的照片

25. 希尔伯特花园

哥廷根，2010 年夏末

1895 年，在高斯到来 100 年后，希尔伯特来到哥廷根。他在故乡格尼斯堡大学的老师林德曼恰好是克莱因的博士，因此他是克莱因的徒孙辈了。应该说克莱因和希尔伯特代表了两种数学传统，一个根植于几何学并注重直觉和想象，另一个有着现代主义倾向，全面严谨。

在生活上，两人的态度也有所不同，希尔伯特个性随和，很容易与人相处，包括晚辈；而哥廷根的学生和老师，都对克莱因有敬畏之情。克莱因的个性也导致了哥廷根大学和柏林大学的紧张关系，以至于两所大学创办的数学杂志——《数学年刊》和克莱尔杂志一度互为死敌。

在韦伯街 29 号，我找到了希尔伯特故居（克莱因住 3 号），那是一幢质朴的黄砖建筑，是由希尔伯特亲自参与设计的，没有邻居的那种华美装饰。使用面积很大，花园更大，几乎有一百米深。巧的是，我来到时，女主人正在一楼阳台上读报，被我的一个问题打扰了。

很快男主人汤姆逊教授也出来了，他们是一对退休的微生物学家，先生还是哥廷根科学院院士。原来，希尔伯特夫妇过世后，房子主人为希尔伯特的独子弗朗茨。他没有后裔，死后将房子赠送给保姆，保姆住大学城消受不起，便出售了。没想到，主人竟邀我喝茶并参观庭院。

我不由得感慨万分，就是在这座房子里，希尔伯特酝酿了著名的 23 个数学问题，指引了 20 世纪的数学研究。花园里有几尊石刻雕像，腐烂的苹果撒了一地，还有一个水塘。由于孩子们都安家别处，主人邀我下次来哥廷根住他们家。在收到我发去的电子版英文诗集后，他们认真地写了读后感，让我想起剑桥的老朋友——阿兰·贝克教授。

1
2

1. 希尔伯特故居现在的主人　2. 希尔伯特花园

26. 闵可夫斯基

哥廷根，2010 年夏末

离开韦伯街不远的普朗克街，坐落着希尔伯特的终生好友闵可夫斯基的故居。1864 年，闵可夫斯基出生在俄罗斯阿列克索塔斯（今立陶宛第二大城市考纳斯）的一个犹太商人家庭，长兄继承父业，二哥享有“胰岛素之父”的美誉。由于沙俄政府迫害犹太人，闵可夫斯基八岁那年全家移居格尼斯堡，成为希尔伯特的邻居。

闵可夫斯基比希尔伯特小一岁半，但却更加早慧。18 岁那年，还在格尼斯堡大学读书的他即荣获巴黎科学院的数学大奖，他通过建立二次型理论，解决了正整数表 5 个平方数之和的表法数问题。由此引得希尔伯特的羡慕，主动与之交往，两人结下了终生的友谊。他们是同门师兄弟，博士导师林德曼以证明圆周率的无理数著称，而他们的师弟索末菲则是物理学家海森堡的导师。

希尔伯特去哥廷根以后，闵可夫斯基接替了他在故乡的职位，后来一度到苏黎世的瑞士联邦工业大学任教。也就是在那段时间里，爱因斯坦成为他的学生，据说用以推出相对论的四维几何学就是在闵可夫斯基的课上学到的。他建立的四维时空结构（时间是其中一维）被认为是相对论的武器库，却对这位后来声名显赫的学生并无印象。

1902 年，应克莱因和希尔伯特的邀请，闵可夫斯基也来到哥廷根，开始了美妙的合作。不幸七年以后，闵可夫斯基即因急性阑尾炎去世，年仅 44 岁。除了二次型和亏格定义的完善，他还建立了数的几何领域的一个重要引理。此外，在 n 维空间、无穷级数论和积分学中都有所谓的闵可夫斯基不等式，后者出现在大学数学课程中。

闵可夫斯基故居

27. 女讲师诺特

哥廷根，2010 年夏末

有一次，身材高挑的数学系女同事朱晨畅博士邀我共进午餐，她是湖北人，曾获第 36 届国际奥林匹克数学竞赛金奖，后保送北大，毕业后赴美留学，再转道欧洲。我拜访过她的办公室，是在一幢小楼里，我们聊起数学史上五位最杰出的女性，居然有三位与哥廷根有瓜葛。

首先是法国的索菲·热尔曼，她出生于富有的丝绸商人之家。在父亲书房里发现介绍阿基米德的书，迷上了数学。她用勒布朗的笔名冒充男人，以弹性力学的论文赢得巴黎科学院的数学大奖，并与小她一岁的高斯通信。她对费尔马大定理的证明有重要贡献，以热尔曼素数传世。拿破仑入侵北方时，她致函一位将军朋友确保了高斯的安全。

其次是俄罗斯的柯瓦列夫斯卡娅，数学界的美人。她是魏尔斯特拉斯的学生，后者是她的爱慕者，在其推荐下，哥廷根于 1874 年授予她博士学位，成为第一位女数学博士。后应诺贝尔的“情敌”米塔格－列夫勒邀请，任教于斯德哥尔摩大学，因解决刚体旋转问题赢得巴黎科学院大奖，晋升教授。不幸她与笛卡尔一样，患肺炎早逝。

最后是爱米·诺特，抽象代数的主要奠基人，堪称有史以来最伟大的女数学家。出生于埃尔兰根，并在故乡接受教育，以旁听生身份获博士学位。希尔伯特力荐其出任哥廷根无薪讲师。二战前夕她流亡美国，在费城的布林莫尔女子学院当上教授。诺特终身未婚，当她因为一次手术失误意外身亡，全世界的同行都表示哀悼，连对她的工作不甚了解的爱因斯坦也为《纽约时报》撰写了悼文。诺特葬于学院的回廊下面，与小她五岁的女诗人玛丽安娜·莫尔同为学院的骄傲。

布林莫尔学院

28. 外尔与库朗

哥廷根，2010 年夏末

在希尔伯特众多的博士生中，外尔与库朗是特别值得一书的两位，两人相隔两年取得博士学位。外尔出生在汉堡郊外的一座小镇。他主要研究几何学和物理学，同时在哲学领域也颇有建树，这三方面外尔都受到导师的熏染，他曾这样称颂自己的恩师，“他所吹奏的甜蜜的芦笛声，诱惑了许多老鼠追随他跳入数学的深河”。

1923 年，哥廷根邀请外尔接替退休的克莱因，他因当时德国的形势一团糟而谢绝；七年后，希尔伯特退休时，母校再度邀请他，这回他接受了。可是后来，战争的阴云迫使他在老师暮年离开哥廷根。到美国时他已 48 岁，加入了刚刚创建的普林斯顿高等研究院，成为一名出色的指挥，力助普林斯顿取代了哥廷根，此乃后话。

库朗比外尔小三岁，他出生在西里西亚的卡托维茨附近，该地区如今也归属波兰。库朗一家一度住在弗罗茨瓦夫，与玻恩同城。后来他来到哥廷根，一边做希尔伯特的助手，一边攻读博士学位，还曾辅导希尔伯特的儿子弗朗茨，后来成为玻恩的老师荣格的女婿。

据说库朗毕业时不满足于亲吻牧鹅少女，而是租了一辆四轮敞篷马车绕城一圈庆祝。离开德国后，他来到大洋彼岸的纽约大学。与外尔一样，库朗不仅学问出色，也擅长组织工作。不久便受校方之命组建了应用数学方向的研究所，1964 年该所被命名为库朗研究所。

普林斯顿、库朗与伯克利堪称新世界三大数学圣地，伯克利数学研究所（MSRI）由中国数学家陈省身创建。虽说陈先生与哥廷根无缘，却也是战前德国的数学博士，与外尔亦师亦友。值得一提的是，外尔和诺特分别指导过两位中国博士——朱公谨和曾炯之。

库朗故居

29. 朗道与西格尔

哥廷根，2010 年夏末

希尔伯特被称为数学领域最后一个百事通，他影响了一大批年轻的数学家。这其中，策梅洛和冯·诺依曼是比较特殊的两位，他们分别在柏林和布达佩斯取得博士学位后来到哥廷根。前者在希尔伯特指引下转向集合论和数学基础，建立起了第一个集合论公理系统，后者建立了量子力学的数学基础，并部分解决了希尔伯特第五问题。

与高斯等前辈一样，希尔伯特也在数论领域作出重要贡献。传记作者在谈到他放下不变量理论转向代数数论研究时说，“数学中没有哪个领域，能够像数论，以一种不可抗拒的美，吸引着数学家中的精华。”希尔伯特在数论领域最大的成就是证明华林问题，任给正整数 k，存在正整数 s，每一个正整数均可表成 s 个非负整数的 k 次幂。

希尔伯特在数论领域的继承人是朗道，他的德文版著作是先师潘承洞为我们指定的读物。朗道在柏林大学获博士学位后任教哥廷根，一度任系主任。他在素数分布领域有许多贡献，曾给出素数定理的一个简洁证明。值得一提的是，朗道的岳父是医学家埃尔利希，首创化学疗法，诺贝尔生理学和医学奖得主，肖像印在 200 马克德国纸币上。

朗道在哥廷根指导过不少博士生，最出色的要数西格尔。他在数论、函数论等领域均有重要贡献，发现了 L 函数理论中的西格尔零点现象。与哥廷根的其他校友不同，他不仅二战前是这里的学生和老师，二战后仍从美国重返母校直至去世。虽然西格尔终生未婚，白色的故居却相当宽敞。他还数度去孟买塔塔研究所，培养了一批印度数学家。1978 年，西格尔获得了首次颁发象征终身荣誉的沃尔夫数学奖。

西格尔故居

30. 歌德学院

哥廷根，2010 年夏末

沿着普朗克和海森堡故居所在小街北行百来米，我见到了几座老式建筑，其中一幢灰瓦黄墙的两层楼房正是歌德学院（Goethe Institute，简称 GI）。旋转的楼梯建成塔楼形状，顶部呈六角尖型。我曾进屋参观，见到许多咨询学习德语的外国留学生。歌德学院是孔子学院的榜样，后者的数量迅速超越了前者，但恐怕难以见到如此雅致的别院。

歌德学院创建于 1951 年，总部设在慕尼黑。主要功能是从事德语语言教学和国际文化合作，也通过介绍文化、社会以及政治生活等方面的信息,展现一个丰富多彩的德国。歌德学院目前在德国有 13 家，大学城好像只有哥廷根和弗莱堡拥有。她在全世界 78 个国家设立了分支机构，少则一个国家有一个分支机构，多则一个国家有十个分支机构，例如印度，中国也有四家——北京、上海、香港、台北。

大诗人歌德也曾来哥廷根短期修课，他的故居坐落在格林兄弟古宅对面。歌德的母校是莱比锡大学和斯特拉斯堡大学，后者如今归属法国。作为《少年维特之烦恼》的作者，歌德也写小说。巧合的是，在我访学的第二年，我的校友、南京诗人兼小说家韩东也曾应邀做客哥廷根的歌德学院，而南京大学与哥廷根大学是姐妹学校。

在歌德学院东边有一大片草地，正是季羡林回忆录里反复提及的席勒草坪，那儿是哥廷根人周末郊游、寻觅灵感的好去处。我曾试图穿越草坪，到森林的边缘。但我不明白她为何叫席勒草坪，应以校友海涅的名字命名才对。说到诗人，18 世纪中后期哥廷根曾出现“林苑诗派”，可惜这次我没像上回在剑桥那样遇见诗人。

歌德学院

31. 蓝色塔楼

哥廷根，2010 年夏末

离开哥大图书馆不远处，有一座高层建筑，颇为引人瞩目。清一色的蓝色玻璃，哥廷根人管它叫蓝楼（blue tower），那是文科大楼，包括神、法、商学院，据说文史哲和社会学也在附近。说到社会学，19 世纪和 20 世纪的两大社会学家马克斯·韦伯和尤尔根·哈贝马斯都曾在哥廷根深造，但时间不长。不过，哲学家叔本华和胡塞尔例外。

叔本华的故乡在今天波兰的格但斯克，这也是德国作家格拉斯的出生地。1809 年，高斯已出任教授，但天文台尚未落成。那年叔本华进入哥廷根大学攻读医学，不久便把兴趣转向哲学。他在 25 岁那年出版的博士论文赢得了歌德的赞赏，后者曾作为交换生就读哥廷根。歌德还发现了叔本华身上的悲观主义，告诫说：如果你爱自己的价值，那就给世界更多的价值吧。

叔本华是个愤青，只崇拜柏拉图和康德。他的代表作《作为意志和表象的世界》受到印度哲学的影响，出版后无人问津，于是感叹：不是我配不上这个时代，就是这个时代配不上我。在柏林大学，他与黑格尔同时开课，结果只有 5 位学生选他的课，最后还走得一个不剩。叔本华从此永远离开了首都，在法兰克福度过余生。

胡塞尔出生在今天捷克的摩拉维亚，与精神分析学家弗洛伊德同乡。他曾在柏林随魏尔斯特拉斯学习数学，后在其学生指导下以变分法的论文获得维也纳大学的博士学位。从 1901 年起，胡塞尔任教哥廷根大学哲学系，长达 15 年。他是现象学之父，这门哲学分支的特征是“诉诸事物本身”。胡塞尔毕生关心的是“精神”和“意识”，而现象正是研究精神和意识时真正和唯一需要关注的对象。

蓝楼

32. 金融研修生

哥廷根，2010 年夏末

我在哥廷根的时间不多了，有一次我在公交车站遇见一群活泼的女孩子，提了许多行李。原来她们是汉诺威的金融从业人员，到哥大修业期满，准备坐火车回家。她们请我拍一张合影照，我爽快地答应，同时也拿出自己的相机，拍了一张留作纪念。姑娘们看起来精神饱满，我想起一度坚不可摧的德国女子足球队。

以前我以为哥廷根与金融无缘，没想到她也不免俗。哥廷根的毕业生中，就有美国大银行家老摩根，那是在 19 世纪中叶。摩根原先是来学德语的，拿到的却是艺术学士学位。他的第一桶金依赖于铁路方面的投资，后来成为“华尔街的拿破仑”，同时也是最重要的艺术品和书籍收藏家之一。他的儿子与之同名，不仅继承了摩根公司，同时创建了新的投资银行——摩根－斯坦利公司。

再来说一位哥廷根商学院的毕业生克莱因费尔特，他于 1957 年出生于不来梅，2005 年出任西门子公司 CEO，2008 年跳槽到美国铝业公司任 CEO。他不是老板是打工仔，2009 年，他的年收入是 1121 万美元，包括 140 万美元的底薪。

说到西门子这家欧洲最大的电器公司，原本是个家族企业。其中的一位成员威廉·西门子曾在哥廷根攻读数理化，后来入了英国籍并被女王封爵。威廉是一名工程师和发明家，英国皇家学会会员。他没有依赖家族，而是靠发明水表致富，后来他利用炼钢时产生的废气，实践了热能再生。他在电报业也大显身手，率先铺设了里约热内卢—蒙得维的亚和横跨北大西洋的通信电缆。

精神饱满的姑娘们

33. 开普勒垃圾箱

哥廷根，2010 年夏末

甘地公寓的生活已经熟悉，从隔壁的厨房，到地下室的洗衣房。一楼大厅里虽有我的专用信箱，却从没有收到一封私信。在电子时代，谁还用手工书写呢？况且我只逗留一个月，但每天会有垃圾广告塞进信箱。加上十天一轮的厨房值日，总共倒过五六回垃圾。

值得一提的是，哥廷根的垃圾箱奇大无比，约七八个立方米，且有着响亮的名字，我们楼那只叫开普勒。如所周知，开普勒是德意志民族第一个伟大的科学家。虽然他出生后第三年，哥廷根大学即创办，他却就近进入同州的图宾根大学，那正是中国诗人张枣就读的大学。

我与张枣第一次通话是在欧洲，我在巴黎，他在图宾根。那是 1995 年，他留学德国的第十个年头，仍在撰写有关中国新诗的博士论文。次年初夏，他突然出现在杭州，在我的客房地板上睡了三宿。没想到，就在我此次到访的初春，张枣因肺癌病逝于图宾根。

相比张枣，开普勒多活了十年。他读的是法学，最后成为天空的立法者。开普勒第一个把力学的概念引入天文学，发现了行星运动三大定律，最早计算出地球绕太阳的轨道是椭圆。有趣的是，他和丹麦人第谷这对黄金搭档对哥白尼的“日心说”原本有着相反的信念。

1600 年，29 岁的开普勒出版了纯幻想文学作品《梦》，描述了人类与月亮人的交往，书中出现了诸如喷气推进、零重力状态、轨道惯性和宇宙服等超前三个多世纪的概念。而他的个人生活相当不幸，妻子和最喜爱的儿子分别死于精神病和天花，据说他本人死于前往领取雇主拖欠的薪水途中，生前不得不依靠占卜来补贴家用。

开普勒垃圾箱

34. 就业指导中心

哥廷根，2010 年夏末

有一次我从研究所下班回公寓，坐公车过了头，干脆让它把我带到郊外，在一座五彩的大楼前面下车。这正是哥廷根就业指导中心，大楼共五层，方方正正，自一楼到顶楼共五个颜色，分别是灰色、橘红、黄色、绿色和蓝色。楼梯露在外面，让人想起巴黎的蓬皮杜艺术中心，那是当代艺术最大的收藏馆。

可以说，这幢大楼比蓝楼更引人瞩目。这一点颇有深意，只有把学生的就业放在第一位的大学，才有可能是一所好大学。事后我了解到，就业指导中心主要有两个作用：其一，向打算入读哥廷根的高中生和他们的家长解释任何专业的就业方向；其二，向即将毕业谋求职业的同学提供意见或作出建议。

显而易见，这两项工作都是有季节性的，我来的时候并非旺季，但我却看到里面的工作人员按部就班地工作。原来，除了回答上门咨询的人，他们还定期与有关的中学和用人单位联络。自从金融危机以来，西方国家的求职变得更加困难，就业指导中心也更重要了。

最近一些年来，中国的许多大学，以及省市教育主管部门，也先后成立了学生就业指导中心，但都挂在某某处室下面，最多是一间办公室而已，绝没有如此气派的大楼。倒是那些高复班或新东方、新概念之类的教学辅导班，占据了城市的每一个区域，常常是租下整层崭新的写字楼，形形色色，有的甚至是跨省联合。它们的所作所为，只为我们短暂的人生设置了障碍。同时，也使得科技仍然落后的中国，延缓了追赶世界潮流的脚步。

就业指导中心

35. 黑板上的留言

哥廷根，2010 年夏末

虽然我在甘地公寓的邮箱里没有收到一封书信，但一个星期一的早上，当我进入自己的办公室，却意外地发现小黑板上有人留言。原来是办公室的前主人，一位国籍不明的访问学人写给我的，他周末刚旅行归来，准备回家了。

Hi, as you can see, I (finally) cleaned up my old / your new room. The rest of the stuff (including the couch and the strange shoes) was in here before. Have fun and enjoy your stay in Göttingen. Best, ulrich.

译成中文便是：

嗨，如你所见，我（终于）清理了我的旧房间 / 你的新房间。剩下的东西（包括睡椅和那双奇怪的鞋子）原先就在了。祝你在哥廷根生活愉快。致礼，乌尔里希。

信的结尾名字起首字母 u 用小写，应该是一种友好。我注意到他的名字，还有哥廷根的写法，都像是说德语的人，但应该不是德国人，否则他在结束访问后没有必要专门出去旅行一段时间再回家。由此推断，他很有可能是奥地利人，或瑞士德语区人。当然，也不排斥德裔老外之类的。

虽然没有见到乌尔里希，但我却感受到了他传递过来的一种温暖和情义，那是难以忘怀的。当然，乌尔里希不会想到，他的留言笔迹会被我拍摄保存下来，出现在遥远的东方，让很多人读到。只是，读者和我一样不会知道他的确切身份或国籍。除非有一天，我们在某一次数学会议上遇见，聊及自己当年曾在哥廷根……

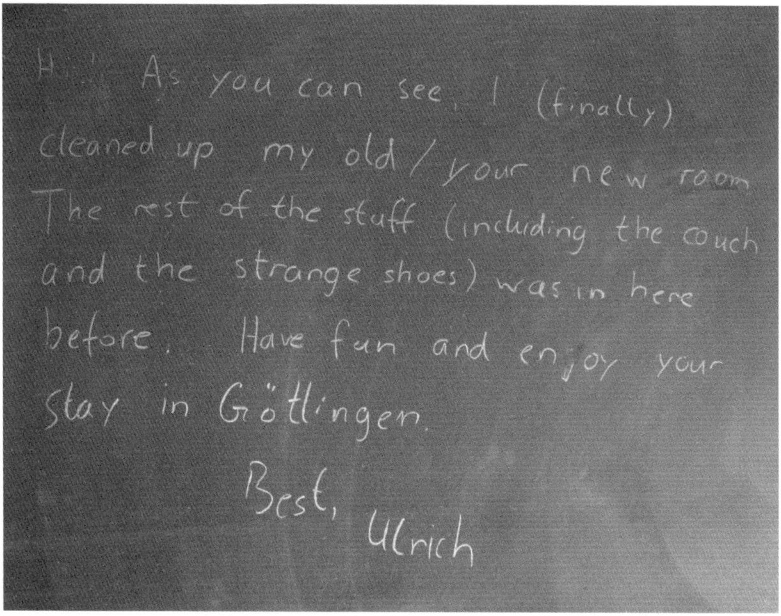
Hi! As you can see, I (finally)
cleaned up my old / your new room.
The rest of the stuff (including the couch
and the strange shoes) was in here
before. Have fun and enjoy your
stay in Göttingen.
Best,
Ulrich

乌尔里希的留言

36. 奥地利人

哥廷根，2010 年夏末

在数学所走廊和克莱因教室悬挂的镜框里，无一例外的都是纯粹数学家或应用数学家。可是有一天，我却发现自己办公楼下的两扇窗户之间有一块牌匾，上面写着一个似曾相识的名字——诺伊格鲍尔（Otto Neugebauer）。回到电脑前面一查，果然是那位提升了古巴比伦数学成就的数学史家。

1899 年，诺伊格鲍尔出生在奥地利的因斯布鲁克。自小父母双亡，由叔叔抚养成人。18 岁那年，为了逃避毕业考试，入伍当了炮兵。一战结束时，他作为炮兵中尉在意大利被捕，与同胞哲学家维特根斯坦成为狱友。一战后他考入格拉茨大学攻读电器工程学和物理学，两年后转到哥廷根大学，师从库朗、朗道和诺特学习数学。

牌匾上写着他在这里的时间是 1922—1934 年，但实际上，他经常长年在哥本哈根或列宁格勒（圣彼得堡）滞留。正是在丹麦期间，他的兴趣转向古代中东和东方文明。1927 年，他升任哥廷根大学的无薪讲师，继续致力于古代数学史研究，同时对天文学史也有卓越贡献。

诺伊格鲍尔精通古埃及文和巴比伦文，1945 年，已在美国布朗大学的他发现了普林顿 322 号泥版书的数论意义。确切地说，包含了毕达哥拉斯数组和正割函数平方表。而原先，人们一直以为它是一张普通的商业账目表而未加重视。

诺伊格鲍尔是德国和美国两家《数学评论》的创始人，后来受聘普林斯顿高等研究院。由于他对古代数学史和天文学史的卓越贡献，继另一位数学史家 E・T・贝尔之后当选美国科学院院士。值得一提的是，他在哥廷根出生的儿子也成了加州理工学院著名的天文学家。

诺伊格鲍尔用过的办公室

37. 朱德故居

哥廷根，2010 年夏末

诺伊格鲍尔活到了 91 岁高龄，接下来我要讲到的两位中国名人也一样长寿，其中朱德享年 90，而季羡林则活到了 98 岁。先来说说朱德，他本军阀出身，后参加革命，先后有六任夫人，却只有一子一女。他在拒绝了孙中山而又遭陈独秀拒绝后，愤然出国。

朱德的小女朱敏系第四任夫人贺芝华所生，贺也是四川人，聪颖美丽。1923 年初，朱、贺来到哥廷根读社会学和哲学，成为叔本华和韦伯的系友。他们就住在普朗克街 3 号这座房子的二楼，与物理系主任玻恩为邻居（闵可夫斯基已过世），帮助他们找房子的是正在攻读数学博士的老乡魏时珍。或许，朱德的入党介绍人周恩来也来过。

1925 年，朱德夫妇因参与政治活动被吊销学籍、护照，转往莫斯科。翌年春天，朱敏在俄国出生。不料贺芝华移情别恋，跟了巴黎来的年轻人何家兴。之后朱德回国投身北伐，贺芝华两口也带着朱敏回上海。这对夫妻叛变革命，使中共政治局常委罗亦农遇害。据说周恩来下令中央特科锄奸，将罗的秘书何家兴击毙，贺芝华则成了独眼龙。

贺芝华的结局无人知晓，或许只有朱敏了解。朱敏少女时代被送到延安与父亲团聚，随后又被送往莫斯科，不幸被入侵的德军俘虏，在纳粹集中营里关了五年。这段故事后来被拍成了电影《红樱桃》。朱敏本人回国后担任北京师范大学俄语教授，直至退休。

让我颇感意外的是，朱德故居的地下室现成了按摩房，庭院栅栏外放置着广告牌。这一定是老板知道中国人来的比较多又爱享受，故有了此生意经。我可以推测，这是大学城哥廷根唯一的按摩房。

朱德故居

38. 季羡林故居

哥廷根，2010年夏末

1911年，季羡林出生在山东清平（今临清市）官庄村，幼年全家投奔济南的叔父，12岁进入山东大学附属中学，算是我的前辈校友。19岁那年，他考入清华大学西洋文学系，专攻德语。1936年考取官费留学德国，回国后一直执教于北京大学，成为名闻遐迩的学术泰斗。

在季羡林之前，有多位中国人来哥廷根攻读数学或物理学。但季老在哥廷根的时间最久，寿命也最长。当年他入读的是哥廷根大学梵文研究所，主修梵文和巴利文，副修英语语言学和斯拉夫语言学，兼修斯拉夫语。据季老自己回忆，当年他是梵文学家瓦尔德施米特教授班上唯一的听课者。博士毕业后，因为战争他又在哥廷根滞留五年，边工作边研究，同时研修吐火罗语。

虽然《留德十年》里未透露季老当年的居所，但我还是很容易打听到了。他的古宅是Muechhausen巷的一座公寓楼，该楼共三个单元，季老当年的房东在二楼。由于我访问哥廷根时季老刚去世不到两年，故还没有挂出牌匾。瞧这位刚做了父亲的年轻人，他就是季老故居的现任房客，他告诉我，此前经常接待来自中国的访客。

与朱德一样，季老也有一子一女，但他的生活寂寞灰暗，唯有一次包办婚姻，父子也长期交恶。季老晚年曾谈到自己的德国恋人伊姆加德，她家也住在这条街上，是另一位中国留学生的房东小姐。季老请她打印论文，借此得以亲近，两人遂萌生情愫。据说伊姆加德小姐从未嫁人，与季老的这段恋情成为她美好的回忆。季老逝世后，骨灰送回在故乡官庄村，与父母和发妻同葬一处。

季羡林故居的现任房客

39. 高斯药店

哥廷根，2010 年夏末

哥廷根除挂有许多名人牌匾以外，多数街道也以人名命名。这其中有政客、文人、艺术家，但以科学家居多。以数学家和物理学家为例，我走过的街道就有开普勒、莱布尼茨、高斯、韦伯、普朗克、爱因斯坦、克莱因、希尔伯特。看得出来，命名街道比牌匾更慎重，且都是德国人，这与法国人的开放心态不一样。我记得巴黎以数学家命名的街道、广场、车站有 100 多处，其中不乏外国人。

克莱因巷位于数学所东面，是一条只有几十米长的小胡同，高斯小街略长，且与高斯天文台相接，两者都不通行公共汽车。相比之下，希尔伯特街较为宽阔，但长度也有限。实际上，它与开普勒街是同一条街的两段，希尔伯特在东，开普勒在西。有趣的是，希尔伯特本人住在韦伯街，两条街相互平行，距离该有一公里。

更有意思的是，除了高斯街，哥廷根还有高斯饭店和高斯药店，都在市中心，好像还是在同一条巷子里。我曾进高斯饭店瞧过菜单，是那种普通的西餐，没有什么特色。药店的标志里首字母里有一个白色的天枰，被一条 S 形的蛇缠绕着，另一条大的在字母上方。我个人猜测，德国人也用蛇入药。

如同剑桥笼罩在牛顿的影响里，哥廷根也在高斯的光环下，很可能未来一千年里，哥廷根都不会再出现高斯那样伟大的人物。这样也有好处，就是这座大学城里的才俊们不会太过自傲。反观中国，现代大学和教育体制迟迟得以建立，至今尚未定型。换句话说，那些古代先哲们都不在今日的大学体系内，大学未得到社会的普遍认可和尊重。

高斯小街

高斯药店

40. 告别希尔伯特

哥廷根，2010年夏末

离开哥廷根之前，我再度前往城西的城市墓地（stadtfriedhof）。上回我只见到门口的韦伯、玻恩和诺贝尔纪念圈，这次有几名割草工正在忙碌着，让我顺利找到了南边河畔的希尔伯特墓地，以及闵可夫斯基、普朗克和化学家哈恩（核裂变的发现者）等人的墓，每一座周围都有小片切割整齐的草坪和小花，比剑桥的公墓美观多了。

不过，希尔伯特的墓碑已经变得幽暗，但仍清晰可辨，上面只写着他的名字，地下的两块石碑上分别写着希尔伯特夫妇的生卒日和出生地、逝世地。碑石下方靠近草地处有两行德语早已为数学圈所熟知，“Wir müssen wissen / Wir werden wissen”。译成中文便是，“我们必须知道 / 我们必将知道”。意味深长，这是希尔伯特的退休演说，是对拉丁箴言的修正，原文说的是，“我们不知道 / 我们不可能知道”。

1943年情人节，希尔伯特在哥廷根去世。那正是纳粹统治最黑暗的时代，大师亲眼目睹自己亲手建立起来的哥廷根数学学派毁于一旦。自从1936开始颁发菲尔兹奖以来（第二届已是1950年），只有一个德国人获奖（另有两位是德裔），那是波恩马普数学所的法廷斯，他的母校和最初任职的学校是明斯特大学。相比之下，早年的竞争对手法国已有12位获奖者。可以说，直到今天，哥廷根还没有恢复元气。

参加希尔伯特葬礼的只有十来个人，那是在我瞻仰过的那间起居室。不过相比前辈莱布尼茨，希尔伯特的葬礼不算凄凉了，莱布尼茨的葬礼只有他的秘书和马车夫参加。希尔伯特的死讯通过中立国瑞士，慢慢地传递到法国、英国、美国……同年晚些时候，他的故乡格尼斯堡落入了俄国人之手。

1 2

1. 希尔伯特的墓碑　2. 希尔伯特塑像

41. 俾斯麦小舍

哥廷根，2010 年夏末

哥廷根没有河流流经，但有一条五六米宽的运河雷讷溪，纵贯南北，与半圆大街相交，宛如一条弦。弦上有一座 13 世纪的水车，弦与半圆的交点处，有一座圆柱形的石头小屋，跨越运河之上。那正是俾斯麦小舍，它就在集市广场到数学所的半路上，因此我每天两次得以经过，直到离开之前，我才知道它的名字和主人。

1815 年，俾斯麦出生在布兰登堡郊外的一个容克之家，容克，即 junker，意思是大地主和贵族。他的母亲出身中产阶级，因此与父亲对儿子的期望不同。母亲希望他从政，成为政治家；父亲希望他参军，为国效忠。结果他两样都做到了。不过，中学时代他饱受资产阶级出身的同学们的歧视，以至于到了大学放浪不羁。

1832 年，不满 17 岁的俾斯麦入读哥廷根，就住在这座小溪之上的石头屋里。大学期间他常腰间佩剑，牵着大狼狗，无心学习，曾与同学有过 27 次决斗。其中一位美国同学后来成为著名的外交家和历史学家，写过一本回忆录，把俾斯麦描述成一个不计后果、浮华古怪的人，但同时也魅力四射、才华横溢。

俾斯麦在哥廷根只待了一年，便转学柏林，毕业后先做了律师，在两次失败的婚约后终于结了婚，从此安心踏入政坛。1862 年，他出任普鲁士首相兼外交大臣，主张通过战争由普鲁士统一德国，此后相继发动了对丹麦、奥地利和法国的战争，逐步统一了德意志（除了奥地利）。1871 年，俾斯麦出任新成立后的德意志帝国宰相，人称铁血宰相。

1
2

1.13世纪的水车 2.俾斯麦小舍

42. 俾斯麦塔

哥廷根，2010 年夏末

离开哥廷根前的最后一个星期，我登上了东郊的俾斯麦塔。我从韦伯街搭乘友人的车，来到了一座森林中。司机把我放下，并指点一条上山的小路，不一会儿我看到有其他人来，便和他们一起上山。这条路叫俾斯麦小路，几乎没有坡度，路上有一些造型别致的石椅。

大约 20 分钟后，一座石塔出现在林间，约有 15 米高，沿着旋转的楼梯向上，不一会就到了顶端，一个方形的哨所。从三个方向望去，都可以看见哥廷根，雅可比教堂最为显眼，还有旧市政厅的塔尖。不时有游人上来，间或也有情侣。

除了俾斯麦，哥廷根还培养出威廉·冯·洪堡、梅特涅、魏茨泽克和施罗德，巧合的是，他们四人均入读法学院。洪堡曾任驻罗马公使和教育部长，却以教育家闻名于世，他和他的弟弟、探险家亚历山大创办了柏林（洪堡）大学。梅特涅是奥地利著名的政治家、外交大臣，他入读哥廷根的时间应该很短，简历里也很少提及哥大。

魏茨泽克是德国第六任总统，他入读哥廷根时已是战后，1990 年东西德国统一时他在任，引用了一句中国古语：兄弟团结一条心，门前泥土变黄金。在他总统的最后一任，担任总理的是他的哥大校友施罗德，不过施罗德读的是夜大，因而在哥大注册的时间也最久。

所有这些大人物都曾被哥廷根所吸引，主要是法学院享有盛名，有几位德国历史上最有名望的法学家曾在此执教。可惜法学家是有国界的，他们无法像数学家或物理学家那样被全世界的人们所知晓。从俾斯麦塔下来，我想我该去看看德国的东南西北了。

俾斯麦塔顶的情侣

第二篇

汉诺威—不来梅—汉堡

Hannover
Bremen
Hamburg

43. 汉诺威王国

汉诺威，2010 年夏末

在哥廷根的第二个周末，我开始火车一日旅。下萨克森有一种价格优惠的车票，我觉得一天双城是个不错的选择。我首先想去的是州府汉诺威，这个地名在中国知名度不高，在欧洲历史上却是赫赫有名的。很长一段时间，汉诺威是与普鲁士并列的公国或王国，分别占据今天德国的西北和东北地区（普鲁士的疆域还包括今天波兰北部沿海地区和俄罗斯的加里宁格勒）。

火车停靠了许多小站，一百来公里的路程走了两个小时。下车后我便被一幕景象所吸引，汉诺威车站广场不仅比哥廷根的要大许多，且留出一块方方正正的泥地，专供老人们打门球。只是德国的门球与中国或英国的不一样，我看了半天也没看出名堂。广场上还竖立着一座骑兵的塑像，这意味着此城曾经饱受战争的洗礼。

在历史上，汉诺威曾是德意志民族仅次于奥地利、普鲁士、巴伐利亚的第四大邦国。17 世纪时它是神圣罗马帝国的选侯国，后成为独立的王国，最后成为普鲁士的一个州。汉诺威也曾长期与英国联姻并共有一位国王，起初是因为英王没有子嗣，由近亲的汉诺威王兼任，结果连续五位国王移驾伦敦，包括乔治二世，正是他（受牛津和剑桥启发）下令创建了哥廷根大学（堪称一夫一妻制的产物）。

也正因为如此，汉诺威才有了英国在欧洲大陆的“阿基里斯之踵”的别称，每当不列颠与他国交战时，汉诺威必会遭受侵犯，普鲁士人和法国人就曾多次入侵。所以才有法国女数学家热尔曼致信拿破仑手下的一位将军，请求他对数学王子高斯予以保护。

汉诺威车站广场

44. 莱纳河畔

汉诺威，2010年夏末

汉诺威位于北德平原和中德山地的交汇处，南北铁路和东西铁路在此相会。横贯东西的中部运河也流经这里，还有威悉河的支流莱纳河，这是个水陆辐辏的交通枢纽。只是，自北向南的莱纳河穿过市区时又黄又瘦，河水十分湍急。

可是，德国人并不计较河水的颜色，沿河搭建了木质甬道，甚至浮墩，上面摆设咖啡座或餐桌，甚至白色的凉棚。我可以想象，到了黄昏，这里必然高朋满座。汉诺威是一座经济繁荣的城市，制造业高度发达，拥有汽车、机械、电子等产业中心，也是一座展览会城市，曾成功举办新千年第一届世博会。让我意外的是，这里也是欧洲发行量最大的《明镜周刊》的创办地，不过如今她的总部在汉堡。

在河岸上，我看到一个跳蚤市场，吸引了许多市民和游客。大多是日常用品，也有古董的摊位，比如铜镜。我没有久留，便径直前往圣约翰尼斯教堂。二战结束前夕，汉诺威被盟军的飞机炸为废墟，这座教堂也不例外，甚至大思想家莱布尼茨的墓地也被炸毁。二战后西德政府重建了教堂，莱布尼茨残存的遗骨（或许已不存在）也被移至室内，成为骨冢。

1676年秋天，由于雇主美因茨选帝侯的过世，30岁的莱布尼茨被迫离开他发明了微积分学的巴黎。他应下萨克森的腓特烈公爵之邀，北上来到汉诺威，担任法律顾问兼图书馆馆长，同时为公爵撰写家史。莱布尼茨的家乡在德国东部的莱比锡，却在这片异乡的土地上度过了生命的后40年。

莱讷河畔

45. 莱布尼茨骨冢

汉诺威，2010 年夏末

莱布尼茨抵达汉诺威时仍是他的黄金时代，那一年他批评了笛卡尔关于力学的描述，成为新的表述方式即动力学的创始人。加上他对牛顿时空理论等的批驳，堪称那个时代走在前沿的理论物理学家。几年以后，他改进了自己的二进位制理论，提出了位置分析这一拓扑学的基本原理，后来成为非欧几何学的一个重要工具。

他是个多才多艺的人，除了数学和物理学外，广博的才能还影响到逻辑学、语言学、地质学、植物学、法学、历史学、神学等各个领域，甚至对古代中国的历史和宗教也有着深刻的研究，可以说他（先于伏尔泰）是第一个对中国文化真正感兴趣的西方大思想家。

作为一名全才的科学家、哲学家、外交家和社会活动家，莱布尼茨理所当然地成为柏林科学院的创立者和首任院长，不过他本人仍生活在汉诺威。彼得堡和维也纳科学院也是在他的倡导下成立的，据说他还曾给康熙皇帝写信，建议成立北京科学院，可惜未被采纳。

莱布尼茨的出现，给予大器晚成的德意志民族智力上以自信。在汉诺威公国及其周边，莱布尼茨的意外到来提升了这一地区的科学和文化观念，哥廷根大学无疑也受益。虽说他在数学方面投入的精力不多，但高斯认为，莱布尼茨在数学上拥有最高的智力。

在圣约翰尼斯教堂一隅，倚白墙立着一块高高的石碑，上书“莱布尼茨骨冢”，下方有个石立方，写着他的全名和生卒年，前面斜放着一个橄榄枝环，旁边还有一个盛水的玻璃花瓶，插满了绿枝。而教堂门外，贴着一张“莱布尼茨月”的告示，时间是他去世的 11 月。

莱布尼茨之墓

圣约翰尼斯教堂

46. 遇见爱因斯坦

汉诺威，2010 年夏末

从教堂出来不久，我在回火车站的路上，在一条小街的人行道上，遇见躺在床上的爱因斯坦。那是一张木腿的钢丝床，白头发白胡子的爱因斯坦躺在蓝色的花被窝里，头枕得高高的。从他的脸色看，像是卧病在床。更有意思的是，他穿的灰色运动衫上写着 Das Bett，德语里正是“在床上”的意思。

我环顾四周，没有人留意爱因斯坦。街边停着几辆小车，远处走来几个小孩。越过旁边的黄砖大楼的过道，才发现里面有一家床上用品商店。不用问，这张床应该是店主的广告牌了。任何人路过看见爱因斯坦，都会注意这家商店。我理解商家，他（她）是个聪明人，懂得经营和宣传，不愧是日耳曼人。

爱因斯坦是一个喜欢游逛的人，一生的足迹遍布世界各地，包括远东（上海、东京）、中东（以色列）和南美洲。他出生在符腾堡州的小镇乌尔姆（笛卡尔在那里当兵时发明了平面坐标系），是开普勒的老乡，却在慕尼黑接受基础教育，后来他放弃德国国籍，成为拥有瑞士和美国双重国籍的人，也曾定居意大利和荷兰。

我去过爱因斯坦生活过的多座城市，参观过伯尔尼和普林斯顿两处故居，但未听说他来过汉诺威，虽然哥廷根有他的许多同道甚或老师。就像希尔伯特的房子后来归属他的保姆一样，爱因斯坦在普林斯顿的故居也赠予他的秘书。他在遗嘱里强调，不得将其故居改成博物馆。爱因斯坦访问英国时，特意去瞻仰牛顿的墓，如果他来汉诺威，应该也会来看望莱布尼茨墓或故居的，后者就在这条街的尽头。

路边的“爱因斯坦”

47. 不伦瑞克街景

不伦瑞克，2010 年夏末

在汉诺威用过午餐后，车轮又开始驱动我。这回向东去往不伦瑞克，只需 50 分钟。这是对高斯的又一次朝圣，窗外依旧艳阳高照，唯有几朵闲云，我与德国最大的企业——大众汽车总部所在地沃尔夫斯堡擦肩而过。集团有 50 万雇员，而沃城却只有 12 万居民。不料到了不伦瑞克，天空却突然出现大片乌云。

比起汉诺威来，不伦瑞克更小巧玲珑，步行 20 分钟就可以穿越市区。但在历史上，曾有过汉诺威－不伦瑞克王国，也就是说，它们一度并称。令我惊讶的是，如此小城居然通行有轨电车，这应是古老传统的象征，不过只有一节车厢。车身嫩黄镶绿边，缓慢地行驶，从路边站牌看来，仅有四站。

路灯的形状也非常别致，犹如卧房里的灯具。远处有一座尖塔，与铁轨相互垂直，在电车和乌云的衬托下显得尤为挺拔。我突然发现，云彩在摄影术里扮演着重要的角色，未必是要白色明亮的那种。如果说人要装扮，那么天空也是。云彩好比是人的衣裳，有时也可以是便装或者布衫。

如果不是因为高斯，我可能不会知道这座城市，更不可能来这里。但多年以前，我去过大西洋彼岸的新不伦瑞克，那是加拿大的一个省。美国缅因州和乔治亚州也各有一座叫不伦瑞克的小城，由此可见汉诺威和英国的渊源。缅因州的不伦瑞克有一所私立的鲍登学院，她的毕业生里有诗人朗费罗、作家霍桑、总统皮尔斯和探险家里皮，城里有里皮的北极博物馆和小说《汤姆叔叔的小屋》作者斯托的故居。

H
Rathaus
Bahnsteig A
1 Wenden
2 Siegfriedviertel
3 Volkmarode
4 Radeklint

不伦瑞克街景

48. 狮子亨利

不伦瑞克，2010 年夏末

进入不伦瑞克市区后，我首先来到议会广场，中央竖立着两尊塑像，其中之一正是高斯的赞助人费迪南公爵。公爵带着头盔，手执长矛，骑在一匹高头大马上。自孩提时代起，高斯便得到这位公爵的慷慨资助，直到公爵被入侵的拿破仑士兵刺死。在《算术研究》初版扉页上，高斯将此书题献给公爵。事实上，书的印刷费也是公爵支付的。

我一路向着高斯的诞生地走去，途经一所古老的教堂，那正是圣布拉西乌斯教堂，建于 12 世纪，居然没有被二战的炮灰摧毁。这座教堂里安葬着著名的狮子亨利，他是 12 世纪的萨克森公爵，英勇善战，狮子是他的绰号。正是在他的领导下，不伦瑞克在汉莎同盟中起到了重要的作用。

汉莎的原意是公馆或会所，汉莎同盟是德意志北部科隆、吕贝克、汉堡和不来梅等城市结成的商业联盟，今日德国最大的汉莎航空公司（Lufthansa）即取“空中汉莎”之意。1159 年，狮子亨利夺取了吕贝克城，从而为萨克森王国打通了海上通道，迅速将商业活动扩展至整个波罗的海地区，甚至在俄罗斯的诺夫哥罗德也设立了商站。

当我走近圣布拉西乌斯教堂，头顶的天空已被乌云笼罩了，可是阳光仍斜照在大地上，一位骑车的妇女悄然进入我的镜头，还有一位游客正在凝望教堂的塔尖。我知道附近的一座城堡里有一座铜狮纪念碑，一头昂首的雄狮屹立在高高的基石上。但我已无暇前去观光，而是径直走近高斯。

圣布拉西乌斯教堂

49. 王子的诞生地

不伦瑞克，2010 年夏末

高斯故居在威廉街，不伦瑞克是座小城市，无需地图，我向路人打听，很快就找到了。那是在一条偏僻的小路，当年属于郊外村庄，如今已是城区了。一座两层的灰色房屋，应该不是当年的样子，因为二战过后这里是一片废墟。里面有人居住，两扇窗户之间有块牌匾，上面写着：1777 年 4 月 30 日，高斯出生在此地。

高斯的父亲做过花农、石匠，母亲没有受过任何教育。但他三岁时，看出父亲账簿上的一处错误。九岁那年，老师让每位同学从一加到一百，结果他不费力气就用等差级数心算出来了。高斯的早熟受到不伦瑞克公爵费迪南的关注和资助，在他 14 岁那年召见了他，当年送他进入了卡洛琳学院，就是现在的不伦瑞克理工大学。

在卡洛琳学院的三年里，高斯的数学有了长足的进步，他研究了算术—几何不等式，初步发明最小二乘法，还给出了二次互反律的首次证明。最了不起的是，他居然测试出素数定理。即当 x 趋于无穷时，不超过 x 的素数的个数渐近于 x / ln x。那以后，公爵便送他进入了哥廷根大学，学费和生活费仍由公爵全包。

可是，当我找到离故居几百米远的高斯纪念碑，却没有发现传说中的正十七角星。询问附近一家住户，回答说在哥廷根。失望之下我去高斯母校求助，在图书馆员的帮助下（她们也不知情），借助互联网终于查到答案。我又返回纪念碑，在高斯全身像基石的侧面，终于看见那颗黄色的十七角星。我相信，这一定非高斯本人所愿。回程我乘火车在黑暗中，绕着德国的名山——哈茨山行进。

1
2

1. 高斯出生地　2. 正十七角星

50. 不来梅的风车

不来梅，2010 年初秋

一个星期以后，我又出门旅行，仍是德国的西北部，同一个方向，甚至同一支铁路。但这一回目标更远，要去不来梅和汉堡，德国除首都柏林以外的两大直辖市。这次我搭乘了快车，经停汉诺威后，径直向西北方向的不来梅驶去。三个小时以后，火车抵达了终点站。

在车站广场，我看到一座身体扭曲的现代群雕，这里游客明显比汉诺威和不伦瑞克要多。我首先经过的是一座宽阔的石桥，桥下有许多浮萍，不远处岸上有一个巨大的风车。这让我想起，此地离荷兰不到 100 公里了。画面中蓝天、白云和绿树的比例不低，全都倒映在水中，我的身影也投向桥下，落在浮萍上方。

不来梅作为小公国的历史悠久，在德意志诸民族中仅晚于以慕尼黑为首府的巴伐利亚，如今它是德国面积和人口最少的州级行政单位。作为城市，据说她的历史在欧洲仅次于圣马力诺，现在它是德国的第 12 大城市。而在拿破仑时期，不来梅曾短暂归法兰西所有。

不来梅大学虽已进入德国前十，但历史上并无特殊贡献，倒是有一位叫威廉·奥伯斯的医生一直留在我的记忆里。他就读于哥廷根大学医学院，毕业后回故乡开业，白天看病人，晚上看天空，把自家的阳台改成天文台，并入选英国皇家学会。

从 1802 年开始，他利用高斯的计算方法，发现了智神星、灶神星和一些小神星，两人也成为终生好友。不来梅位于德国的西北角，天空格外明亮，可惜我不能在此过夜。1832 年，奥伯斯曾预言比拉彗星将穿过地球，一度引起全欧洲的恐慌，幸好无灾难性事故发生。

51. 罗兰之歌

不来梅，2010 年初秋

我随着人流一起往市中心走，不久便看见一个空旷的广场，中央立着一尊五米多高的塑像，那正是罗兰塑像，旁边有古老的市政厅，两者同属联合国教科文组织认定的世界文化遗产。据说是在 2004 年苏州召开的遗产大会上通过的，而苏州园林早在 1997 年即已入选。

《罗兰之歌》是法国最古老的史诗（1100），作者是诺曼底诗人杜洛尔德。讲的是查理大帝出兵西班牙征讨阿拉伯人的故事，萨拉戈萨王遣使求和。查理接受罗兰建议，让罗兰的继父加奈隆前往，这是桩危险的差事。后者报复罗兰，与敌人勾结定下毒计：撤兵途中袭击，而查理也听从加奈隆的建议，让罗兰领兵押后。结果阴谋得逞，罗兰全军覆灭，英勇战死。

据说罗兰的战友曾三次要求吹响号角，呼唤查理大帝回兵来救，都被他拒绝。罗兰塑像立在德国，可见其在欧洲的影响力。走近细看，罗兰的右手拿着宝剑，左手持刻着老鹰的盾牌。塑像建于 1404 年，旁边的市政厅稍晚一年建成。里头的椅子背上画着钥匙，天花板上挂着 500 年前的战船模型。更有趣的是，地下室里有个大酒窖，存放着 600 多种葡萄酒，其中最久的已有 300 多年。

罗兰精神象征着自由和独立，可是，罗兰的固执也让手下的士兵罹难。这大概是东西方文化的差异吧，自古希腊以来他们就有一种酒神气质。这使我想起不来梅的全称——自由汉莎城市不来梅。值得一提的是，《罗兰之歌》是用罗曼语即拉丁语写成的，但这并非小说《约翰·克里斯多夫》作者、法国作家罗曼·罗兰名字的由来。

罗兰塑像

不来梅旧市政厅

52. 威悉河畔

不来梅，2010年初秋

离开市中心广场以后，我继续向西，走到了威悉河边。这条德国西部的主要河流，宽度不足百米，却是高度工业化地区的主动脉，它的上游支流流经汉诺威和卡塞尔。港口上停泊着一艘仿古帆船，对岸的建筑呈现一片红色，有一条浅蓝色的桥梁连接两岸，许多游人走到对岸。目睹此景，我仍难以想象昔日汉莎同盟时期的繁华。

原来，19世纪30年代，由于船舶吨位的增大，狭小的港口无法停靠，于是在下游70公里外的出海口，建起了不来梅港。迄今它仍是德国仅次于汉堡的第二大港，也是全国最大的客运港和渔港，那里有定期的客轮开往英国等地。可是，工业化让河水污染变得严重，著名的威悉河鲑鱼已经绝种。

向下游遥望，可以清晰地看见云达不来梅足球队的主场威悉体育场，就建在河中的彼得沙洲，可以容纳四万多观众。云达（Werder）在德语里的意思就是沙洲。云达组建于1899年，威悉球场于1909年落成，启用时已是1930年。德甲开始于1960年，不来梅曾四次夺冠，六次赢得德国杯，最近一次是2009年。可惜没出过大明星，欧战只赢过一次优胜者杯（1992）。

因为时间关系，我无法去探访河流的入海处，幸好我在别处见到过北海。最近一次是两年前的剑桥之旅，我曾到过苏格兰和英格兰交界处的小镇贝里克。拙作《英国，没有老虎的国家》有过这样的描写，“我随后来到（北）海滨，极目远眺，对岸应该是丹麦的尼德兰半岛、挪威南方和德国的不来梅港了”。

53. 咖啡馆轶事

不来梅，2010 年初秋

离开威悉河后，我步行着返回车站广场，进了附近一条小巷，在一家小饭馆要了一听贝克啤酒。正是在 16 世纪的不来梅，如今德国最负盛名的啤酒酿成了。我找到临街的座位，忽然发现，对面有家小巧的咖啡馆，玻璃窗擦得干净，白色窗棂的油漆已有部分脱落。

一对老年人临窗而坐，他们头发花白，带着黑边眼镜，女的系着花围脖，男的身穿一件鲜艳的条纹衫。他们各自双手握拢，似乎在作深入的交谈。在窗户边，靠近两位老人的地方各有一盆小花，分别是黄色和粉色，花盆的颜色与窗棂一样。

不来梅的冬天漫长，想必小资和文人常来咖啡馆。除了云达不来梅，《不来梅撰稿人》报也曾小有名气，那是 18 世纪中叶，撰稿人里有约翰·施莱格尔等一批作家、批评家。施莱格尔家是汉诺威的一个书香门第，约翰 29 岁任萨克森驻邻国丹麦大使，不料次年即客死异乡。

值得一提的是，老施莱格尔的两个侄儿也驰骋文坛，且名声更为显赫。兄弟俩双双就读哥廷根大学，分别攻读语言学和法学，哥哥奥古斯特是莎士比亚最好的德语翻译，弟弟弗雷德里希拓展了浪漫主义概念。他们的父亲也是作家，且是伯父遗稿的整理出版人。

英国哲学家罗素在《西方的智慧》里提到这对小兄弟，还说起一则轶闻，奥古斯特任耶拿大学教授时，娶一位医生的寡妇卡洛琳为妻，五年后她有了外遇，嫁给了比她小 12 岁的哲学家谢林。此前谢林与卡洛琳的女儿恋爱，在她患痢疾死后与卡洛琳发展起恋情，轰动了耶拿大学校园，大诗人歌德充当了这件事的调停人。

不来梅小巷

54. 阿尔斯特湖

汉堡，2010 年初秋

午后，我告别了不来梅，乘快车前往东北方向的汉堡。这段旅程只有一个来小时，铁路线两侧房屋稀少，且经过了两座森林公园，其中一座叫吕讷堡灌木林天然公园。汉堡是德国的第二大城市和经济中心，也是我历次德国之行抵达的最北的城市。火车从城东跨越了德国最大的河流——易北河，抵达了终点站。

我买了地铁日票，先来到一个湖边，那是阿尔斯特湖的内湖。此湖原本是易北河的一条支流，自北向南，在汉堡注入易北河。中世纪时，汉堡人建成一条堤坝将之拦截，留下两支平行的水道沟通易北河，水道也把老城区分成东西两部分，而水坝北边的河面也被一道宽阔的坝堤隔离，变成一个湖泊。那宽堤上也有一条水道，由两座铁桥连接东西，桥名分别叫肯尼迪和伦巴第，桥东不远便是汉堡火车站。

阿尔斯特湖边有许多市民和游客，一对青年男女紧闭双目，相互交叉着躺在木头浮墩上，那位女士枕着黑色的行李包，看起来也是游人。水波荡漾，远处一注高高的喷泉，间或被风折断身姿。右上角可见伦巴第桥的局部，不时有火车从桥上开过，透过桥墩可以看见白帆点点。外湖的面积数倍于内湖，但我不打算去那里探访了。

我在湖边闲坐了半个小时，充分感受到大城市的律动，如同置身上海的外滩。由于水路交通方便，汉堡的大多数工业与对外贸易有关，但也有例外，比如飞机制造业。汉堡是除西雅图以外，世界第二大的飞机制造地，专门生产“空中客车”。不知不觉间，乌云又一次压了下来，我再一次钻入地下。

55. 游动的啤酒屋

汉堡，2010 年初秋

作为仅次于法兰克福的德国第二大金融中心，汉堡的市中心高楼林立，华丽而整洁。在两条水道之间及附近便是汉堡市的金融和商业中心，瞧瞧这幅照片，我不经意间摁下的快门，这就是东边的那条水道，亦称为阿尔斯特水道。乍一看，此处的风景有点像美国的芝加哥。

据说汉堡城内有 1500 多座桥梁，超过了水城威尼斯。我眼下的这座桥被开设成一家快餐店，常有游人和附近的白领阶层来用餐，更多的时候它成为咖啡馆。我想起汉堡包名称的由来，这是麦当劳等美国快餐店的特产，原本是汉堡人带到新世界去的一种食物，由此也可见当年此城的繁荣景象。

离开金融中心，我来到一处热闹的街道，休闲与娱乐并存，先是看到一个广场上的露天摇滚音乐会会场。音乐家们还没到来，但观众已坐满一半，广场四周的啤酒店已开始营业。更有甚者，驶来了一辆木制的流动啤酒屋。车头有只大酒桶，车上有一个长方形的酒桌，两边各坐着六位青年，他们一边吆喝一边喝着大杯的啤酒，脚下还不停地踩着轮子，这辆车的到来给周围的街道带来欢乐。

仔细一看，啤酒车上贴了不少广告。其中有写着啤酒自行车（BierBike）的网址，不知是一家啤酒公司，还是自行车的广告；还有一幅乌瑟多姆岛的旅游网址。乌瑟多姆是波罗的海沿海德国和波兰交界的一座岛屿，面积接近于东海上的舟山岛。西部 80% 以上的土地属于德国，东部不足 20% 属于波兰，但人口正好颠倒过来。对于德国来说，那是仅次于吕根岛的第二大岛。

汉堡市中心

流动啤酒屋

56. 汉堡大学

汉堡，2010 年初秋

离开市中心以后，我乘地铁向北，来到汉堡大学，目的是为了看看陈省身先生的母校。1934 年，23 岁的陈省身获得清华大学的数学硕士学位，成为中国第一个硕士。他争取到了“庚子赔款”的资助，乘船来德国留学，在汉堡大学取得博士学位。

汉堡大学创办于 1919 年，与陈先生母校南开大学同龄，在德国尤其显得年轻，因为德国不乏古老而有声望的大学，如 14 世纪的海德堡大学，15 世纪的莱比锡大学、图宾根大学，16 世纪的耶拿大学、马尔堡大学，17 世纪的哈雷大学，18 世纪的哥廷根大学、波恩大学，19 世纪的柏林（洪堡）大学、亚琛大学，等等。

陈省身之所以选择汉堡大学，是因为此前该校有位几何教授到北大讲学，他每次都去听课，并与之结识。当时汉大有位年轻有为的奥地利教授阿廷，专攻代数数论。阿廷曾在哥廷根跟库朗做博士后，他本人是曾炯之在汉大时的博士后导师。晚年他从普林斯顿回归汉堡大学，如今这里有一座以他名字命名的演讲厅。

我首先看到的便是校部所在地的圆顶大楼，此楼建成于 1911 年，如果不是第一次世界大战，汉堡大学应该会早几年开办的。红砖的屋顶，二楼是拱形的玻璃窗，半圆形的大阳台，可以在举办宴会时让客人走到户外。虽说天空依然明亮，但一楼的大厅里已亮起了灯。

大楼外有一些学生，不时地看表或发短信，显然，这幢大楼已是汉堡大学的标志，也是迎送客人的好去处。我从大楼左侧的小路进入校园，在一幢据说是数学楼的大楼前伫立了片刻。说实话，在如此短暂的时间内，我无法分辨 20 世纪 30 年代数学系是否也设在此楼。

1
2

1. 汉堡大学校部圆顶大楼　2. 校园小道

57. 汉堡歌剧院

汉堡，2010 年初秋

数学家阿廷喜欢音乐，不仅擅长唱歌，而且能演奏几乎所有的键盘乐器，他尤其倾心于巴赫的作品。据说在哥廷根时，他常与导师库朗合作演出。离开汉堡大学后，我来到了汉堡歌剧院，这家德国首屈一指的歌剧院建成于 1678 年，亨德尔的第一部歌剧便在此首演。

在售票窗口旁边，我看见了奥地利作曲家兼指挥家马勒的铜牌。马勒出生在波西米亚（今捷克）的卡里什特，他于 1891 年担任汉堡歌剧院院长，为时六年，在此完成第一部交响曲《少年魔法号角》。之前之后，他分别担任布达佩斯和维也纳歌剧院院长。

马勒一生写了 11 部交响曲，以第 9 部《大地之歌》最为出色。但他并未将其编号，因此只有 9 部半（最后一部未完成）。至于未编号的原因，可能是因为他觉得 9 是个不吉祥的数字，贝多芬、舒伯特、德沃夏克和布鲁克纳都是在写完第 9 部交响曲后去世。

由于作品迟迟未被接受（部分原因来自于犹太人身份），马勒在世时，其指挥家的地位远超出作曲家的声望，还被认为是 19、20 世纪最重要的指挥家，可惜没留下任何录音。人们记得他愤懑时说的那句名言："我的时代即将来临。" 20 世纪中叶以来，从伯恩斯坦到小泽征尔等指挥大师，都很好地诠释了马勒的音乐。

汉堡富有音乐传统，是德国民族歌剧的诞生地。在马勒到来之前，19 世纪的两位音乐大师门德尔松和勃拉姆斯便出生在汉堡。前者九岁就开始公开演奏，12 岁写出钢琴四重奏；后者由于家境贫寒，有时不得不去酒馆里弹琴以贴补家用。

GUSTAV MAHLER
CHEFDIRIGENT DER HAMBURGER OPER
1891 - 1897
AM DAMALIGEN STADT-THEATER,
DAS HIER STAND
GESTIFTET VON DER GUSTAV MAHLER VEREINIGUNG HAMBURG

汉堡歌剧院的马勒铜牌

58. 易北河畔

汉堡，2010 年初秋

离开汉堡歌剧院，我想到了 18 世纪的剧作家、批评家莱辛，他是德国历史上第一个具有世界性影响的文学家。莱辛出生在萨克森州，在莱比锡大学攻读神学。他帮助德国摆脱了法国古典戏剧的影响，创作出第一批不朽的德国戏剧，鼓舞了稍后的歌德和席勒。

1765 年，莱辛受汉堡的一个商人聘请，来此担任一家私人剧院的顾问和评论员。不料一年后剧院即倒闭，但莱辛写了 50 篇《汉堡剧评》，阐明悲剧的作用，即通过引起恐惧和同情来净化心灵。据说汉堡有一座莱辛坐像，可惜我没有见到。莱辛晚年住在不伦瑞克近郊并死于该城，其时同城的高斯尚不满四岁，已指出父亲账簿的一处错误。

又一次，我乘地铁穿越市区，来到易北河畔的港务局附近。汉堡毕竟不比巴黎或伦敦，20 多分钟就到了尽头，码头上停泊着多艘万吨级的巨轮，我见到比不来梅更多的游人。汉堡是德国第一大港，易北河水比想象的清澈。河面大约有 200 米宽，与黄浦江看起来相差无几。不过，上海拥有得天独厚的条件，深入内陆腹地的长江是易北河的七倍长，同时上海又是中国大陆海岸线的中点。

从地图上看，东边有几座江心屿，全建成了码头，且各有其名。说到岛屿，还有北海的三座小岛隶属汉堡，最大的一座叫沙尔赫恩岛，在易北河口，离开市区有 100 多公里，中间的那片土地属于下萨克森州。我可以想象，那三座岛屿是汉堡人的度假胜地，是德国政府赠送给汉堡市民的福利。不过，如果是在中国，可能中间那片领土也早划归汉堡市了。

Coca-Cola

59. 红灯区的游客

汉堡，2010 年初秋

天色不早，我告别易北河，想去浏览红灯区。早就听说，汉堡的红灯区在欧洲仅次于荷兰的阿姆斯特丹。这可能是因为海员们生活单调寂寞，因此但凡海港码头，娱乐业都比较发达。据说当年留学汉堡的陈省身也喜欢看脱衣舞，他称其为大腿舞。在陈先生的一部传记里我读到，他第一次到纽约时，便急切地去 42 街，比较了大西洋两岸的舞姿。

出乎我的意料，汉堡的红灯区虽名声在外，却只有两条短短的小街，一条只有七八十米长，两端有屏风墙挡住，另一条也不长。可能我来得有点早，只有两三个店铺开张，有一家是橱窗型，像是阿姆斯特丹的翻版，还有两家迪斯科舞厅，刚开始放音乐。保安告诉我，因为受金融危机影响，红灯区生意萧条。

我把目光投向游客，倒是另有一番风情。从贫民百姓到开高级轿车的公子哥们，应有尽有。瞧，这里有两个女孩结伴来参观。她们身材不算苗条，兴高采烈，一路摆 pose 留影。在她们旁边，一辆红色的敞篷奔驰正缓慢驶进小巷。右边是一家迪厅的招牌，cult 在英语里意味着崇拜、狂热、信徒、邪教。

我注意到街边的广告，还有嘉士伯和阿斯特拉啤酒。更多的我不认识，应该是汉堡本地的霓虹灯广告。嘉士伯（Carlsberg）创办于 1847 年，是世界第五大酿酒集团，总部设在哥本哈根。阿斯特拉（Astra）是德国南方巴伐利亚出产的啤酒，似乎还没有销售到中国。有趣的是，嘉士伯在欧洲算是比较高档的啤酒，而荷兰喜力（Heineken）则走大众路线，在中国销售时两者刚好倒了过来。

ASTRA
Große Freiheit
Nr.7
Injection
Carlsberg
CULT
DISCO-CLUB
DOLLHOUSE
HH SR 2008

汉堡红灯区

60. 车过于尔岑

于尔岑，2010年初秋

离开汉堡时，已经晚上7点多，夏天的天空尚未黑暗。火车向南方驶去，几乎是同时，同一站台上有辆快车发往东北方向的吕贝克。那是波罗的海之滨一座古老的商埠，早期汉莎同盟的骨干成员，其实只需要半个小时，那无疑是我此行的一大遗憾。

回汉诺威有两条路线，我走的那条偏东。第一站是盐都吕讷堡，发音与吕贝克接近，大音乐家巴赫少年时从故乡徒步来此学艺，大数学家黎曼也在此城念完中学。从高斯的《算术研究》扉页题词中我们知道，此城与不伦瑞克在19世纪同在他的恩人费迪南家族名下。

第二站是小镇于尔岑，此地离开黎曼的出生地布列斯伦茨很近了。我想起20世纪末的意大利之行，在从比萨前往佛罗伦萨的火车上，也曾经眺望一座叫芬奇的小村庄，那是莱昂纳多·达·芬奇的故乡。可是，我手头的德国地图只标出丹嫩贝格——离开布列斯伦茨最近的小城，易北河也是往那个方向流的。

停靠于尔岑时，只有两位乘客下车，我的座位刚好对着车站的牌匾，蓝底白字，让我不得不记住它的拼法。旁边还有块黄色的指示牌，指向车站医务室。后面便是车站的进出口，白色的窗棂，与不来梅那家咖啡馆一模一样，地面上有彩色鹅卵石拼成的几何图案。

抵达汉诺威时，夜幕已降临。到此为止，那天我走的路线接近于棱形，不来梅、汉堡和于尔岑是另外三个顶点，接下来返回哥廷根的那段是把柄，撑起捕鱼或扑蝴蝶的网兜。难以料想的是，这最后一段出现了变故，我们弃车而行，被铁路公司雇佣的公交车送回。

小站于尔岑

61. 帕德博恩书店

帕德博恩，2010 年初秋

哥廷根的第四个周末，也是我在德国的最后一个周末，照例是一日游。这回我选择了就近的一条线路，在确保不走回头路的同时，我尽量把范围扩充到邻近的州。最后我确定了自认为最完美的一条线路，而且是分属三州的三城记，其中首站是我此前并不了解的帕德博恩。

帕德博恩位于北莱茵－威斯特法伦州东部，有两点吸引我。其一，我从未到过北州，她有着一串相邻的城市群，波恩、科隆、杜塞尔多夫、杜伊斯堡、埃森、波鸿和多特蒙德。其二，帕德博恩是一座大学城，魏尔斯特拉斯在此度过少年时代，她也是普莱达教授初来德国的落脚点，正是在这里他证明了历久悠久的“卡塔兰猜想”。

帕德博恩大学创建于 1972 年，是一所新兴的大学，但他的神学院却可以追溯到 1614 年。我在该校的主页上看到了普莱达的名字，虽然如今他已离开，仍是该校的骄傲。从地图上看，帕德博恩比汉诺威要近，火车沿着人口稀少的山地行进，大约走了一个半小时。

走出帕德博恩车站不久，我便看到一家大书店，窗口摆放着一件黑色的 T 恤衫，上面印着吸血鬼的故事《暮光之城》里的男女主角贝拉和爱德华特头像，下面写着“新月”字样，这应该是该系列的第二部了。既然被定位为青春小说，自然在大学城里拥有读者了。

更吸引我的是旁边一家旧书店，门口蹲着一只黑色长毛狗，墙上挂着一幅油画，镶在金框里，看起来年代比较久远，画中一个白胡须的老翁在阅读一本大书，阳光从左侧照射下来。那天我起了一个大早，到帕德博恩时气温仍然有些偏低。

书店一角

62. 泉水与主教堂

帕德博恩，2010 年初秋

在来帕德博恩之前，普莱达告诉我，帕德博恩最值得一看的是主教堂，我朝那个方向走去，途经一片斜坡，看到一位黑衣少女正在草地上聚精会神地阅读一本红书。我走近她，询问教堂的路线，顺便看清她读的是一本计算机方面的书籍。帕德博恩是一所高科技城，是 IT 人士的朝圣地，拥有全球最大的电脑博物馆，也吸引了不少中国留学生。

主教堂的塔楼果然别具一格，犹如一座现代化的高楼，方方正正的，每层都有四扇窗户。教堂周围有一个集市，刚好被我赶上了，帕德博恩是农产品的集散地，我无暇采购，只买了几只西红柿，向小贩打听洗手的地方，不料被指向一处泉眼，那里有几只鸭子正在水草上游弋。原来，帕德博恩有 200 多眼清澈的小泉，都在主教堂附近，是帕德河的发源地，后者注入莱茵河的支流利珀河，帕城也因河得名。

帕德博恩是汉莎同盟成员，更令我惊讶的是，帕德博恩还是神圣罗马帝国的诞生地。公元 799 年，独霸欧洲的查理曼大帝在此会见教皇利奥三世，讨论并决定创建日耳曼国家。次年圣诞节，他在罗马被教皇加冕为罗马人的皇帝，神圣罗马帝国因此诞生。帕德博恩留有查理曼宫，发掘工作开始于 1964 年，至今尚未完工。

查理曼大帝后来被奉为“欧洲之父”。虽说神圣罗马帝国一直延续到 1806 年才被拿破仑解散，但实际上只是日耳曼民族（准确地说是德意志民族）建立的一个号称继承了古罗马帝国伟业的松散政治联合体，没有多大的影响力，甚至没有常设首都。法国启蒙思想家伏尔泰说得好，神圣罗马帝国“既不神圣，也不罗马，更非帝国”。

帕德博恩主教堂

63. 扮秀的中学生

卡塞尔—明登，2010 年初秋

离开帕德博恩后，我乘车南下，前往黑森州的卡塞尔，就是初到哥廷根时经过的那座城市。途中在瓦尔堡换车，停留了半个多小时，正值中午时分，炽热的阳光直射下来。瓦尔堡仍属北莱茵－威斯特法伦州，同时与黑森和下萨克森接壤，自古以来就是兵家必争之地。

我想起欧洲著名的七年战争（1756–1763），堪称 18 世纪的世界大战。英国和普鲁士联盟击败了法奥俄联盟（汉诺威站在英、普一边），其中就有“瓦尔堡战役”。事实上，瓦尔就是英语里的 war，即战争。同一时间，北美也爆发了英、法之间的战争，法国和印第安人结成联盟。

战后签订了《巴黎和约》，法国退出印度，并几乎把整个加拿大割让给英国，“日不落帝国”因此诞生。可是，由于英国把北美战争的费用转嫁给殖民地，导致了 13 年后爆发美国独立战争。与此同时，普鲁士崛起，成为又一个列强，为日后统一德意志奠定了基础。

到达卡塞尔以后，我发现这座城市地形起伏，主要街道上人山人海，尤以年轻人居多。原来那天是全州中学生的大聚会，还有不少从邻州过来。于是，一幕幕稀奇古怪的画面出现：三个年轻人牵着十来条大狗，蹲立在马路旁的一块破地毯上；另外三个在教堂的台阶上表演三角恋爱，其中一位秀美的女孩穿着新娘的白裙。

在返回下萨克森的火车上，我遇到四个 cosplayer，有的画着猫的胡须，有的撑着油纸伞戴着头套，为我摆起 pose。这是看《哈利波特》和《暮光之城》长大的一代，这些书和电影里有太多的争斗，或许这样一来，他们会看轻现实生活中的争斗，世界也会有更持久的和平。

1
2

1. 中学生大聚会 2. 火车上的 cosplay

64. 明登的廊桥

明登，2010 年初秋

除了这四个女中学生，我在火车上还结识了一对乌兹别克斯坦的孪生兄弟，有着一副魁梧的身材，却是来做生意的，他们要把德国的钢材卖到中亚。兄弟俩告诉我，当天必须赶到汉堡，那他们必定坐错了火车。卡塞尔有火车直达汉堡，而他们却搭上我这辆慢车，要拐到小镇明登，那是我的目的地。

我建议哥俩到哥廷根再换快车，感谢之余他们邀请我去乌兹别克斯坦，那正如我所愿。我对帖木儿王国的古都撒马尔罕神往已久，那是卡西的城市，正是他在 1424 年打破了祖冲之父子保持的圆周率的世界纪录。还有比卡西早六个世纪的花拉子米，他就出生在今天乌国境内的古城希瓦。花拉子米是代数学的命名人，他的名字就是后来英文里的“算法”。我和兄弟俩交换了联系方式，他们的故乡叫纳曼干。

火车很快就到了明登，这里已属于下萨克森州。明登是只有几千人的小镇，因为地处富尔达河和威拉河的汇合处而成为游览胜地，那两支河流汇合以后就变成了威悉河，不来梅就在它的入海处。我随着人流走去，水流的声音越来越响，后来便看见一座廊桥，黄色的瓦片，白色的一字桥墩，高悬在一条小溪流上，我已记不得是哪条河了。

我记得在闽北和浙南的温州、丽水有不少廊桥，其中庆元县城里的一座我还到过，黑色的瓦片拱形的桥墩，桥身绝没这么高，也没有引桥。我还想起一部风靡世界的美国电影《廊桥遗梦》，讲述的是 1989 年发生的故事，是对 1965 年一则婚外情的回忆。那以后，全世界的廊桥都似乎披上了神秘、伤感的浪漫色彩，眼前的这座分明是新建的。

明登廊桥

65. 月台上的云

明登，2010 年初秋

很快我便发现，到明登来的游客都是上了年纪的，以中老年人居多，与到卡塞尔的刚好相反。原因很简单，《廊桥遗梦》便是对逝去爱情的追忆。走过廊桥不久，我便来到了河流的汇合处，那里有一棵大树，树枝铺展开来，足有十米开外。躯干四围搭建起一圈木椅，两对老年夫妇端坐在那里，其中的一对正摆 pose 合影。

由于富尔达河和威拉河的水位不一样高，其中的一条到此有个半米高的落差，溅起一道白色的水幕。我后来发现，威悉河的下游还有一座城市叫明登，那是北莱茵－威斯特法伦州的一个县城，比这里要大得多，离汉诺威只有 50 公里，也是中部运河与威悉河的汇合处。

大树底下的老人

我没有坐下来，而是默默从远处注视两对老人的表情。树边有一块原生态的大石头，上面刻着几句话，似乎是一位作家的一段散文。德国和其他欧洲国家一样，很少在风景点刻写诗人的诗句，除了墓碑。记忆里，似乎只有葡萄牙最西端的罗卡角碑石上有卡蒙斯的诗句。

明登在匈牙利语里的意思是“所有”，或许指的是心灵的安谧。还有什么比心灵的安谧或宁静更重要的呢？两条河流的交汇，也是两颗心灵的交汇。不需要澎湃激越，只需要潺潺溪流，还有可依附的树木或森林。

有意思的是，当我走上明登车站唯一的月台，发现天上刚好有一小撮云。虽然背景已没有蓝天，且被电气化铁路的电线分割，仍然让我注意到，且让人怦然心动。铁路线沿山修筑，禁止横穿铁轨的黄色警示牌悬挂在灯柱上。这朵云是此行我所收获的最后的礼物。

2

第三篇

魏玛—莱比锡—慕尼黑

Weimar
Leipzig
München

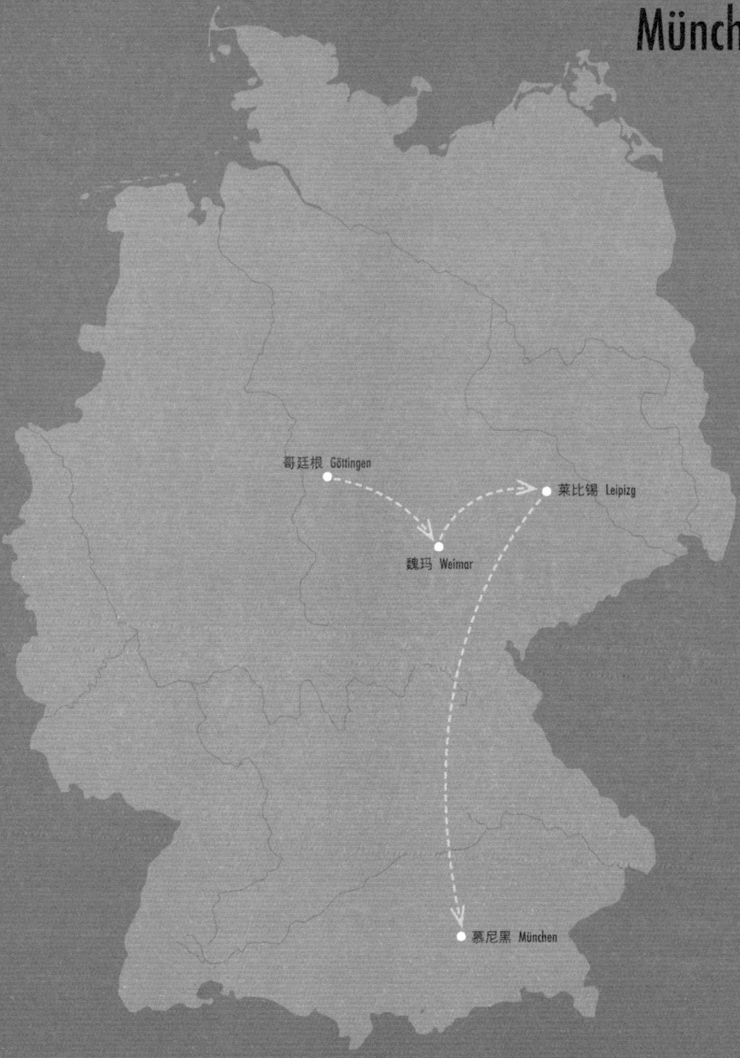

66. 到达魏玛

哥廷根 — 魏玛，2010 年初秋

9 月中旬的一天清晨，我悄然离开甘地公寓，乘公车去车站。依旧是熟悉的街道和房屋，但这一次却不知何时返回，此前我已托人把行李带到法兰克福，因此一身轻装。火车离开哥廷根后驶向东南方向，很快进入从未到过的图林根州，从这里向东原是民主德国的地盘。

第一站是沙尔豪森，音乐家巴赫曾在此任职并成婚，只可惜与他的出生地爱森纳赫擦肩而过。抵达州府爱尔福特后，更换了机车并掉转方向。爱尔福特古时候是法兰克王国东部边境城市，马丁·路德曾在此隐修（隐修地现为一座孤儿院）。1808 年，拿破仑、亚历山大一世和巴伐利亚、萨克森、符腾堡的君主们曾在此相会。

据说那次会面沙皇十分冷淡，拒绝了拿破仑向他妹妹安娜的求婚，导致四年后拿破仑率兵攻占莫斯科。不过两年以后，亚历山大一世便杀了一个回马枪，耀武扬威地进入巴黎，迫使拿破仑退位，这位沙皇遂成为欧洲最有权势的君主和欧洲命运的主宰。

可是不久，拿破仑试图东山再起，加上一场不期而至的大雨，滑铁卢战役的胜方指挥——英国威灵顿将军领走了大部分荣耀。1825 年，在拿破仑客死大西洋四年之后，沙皇在视察克里米亚半岛途中病死于亚速海滨、罗斯托夫的塔甘罗格，那正是作家契诃夫的诞生地。

大约一刻钟以后，火车抵达了魏玛——一个引人遐想的名字。无论你对政治、绘画、诗歌、戏剧、建筑或哲学等某一个领域感兴趣，都会对她心向往之。那天上午万里无云，一出车站，我便看见一个棱柱形的广告，是城堡博物馆的一个展览，车站外墙上还有两幅更大的画作。

魏玛车站

67. 工人台尔曼

魏玛，2010 年初秋

我沿着魏玛的一条主街往城里走，很快便看见一尊结实的男子铜像，不愧是前社会主义国家的地盘。此人不是别人，正是前德国共产党领袖恩斯特·台尔曼(1886—1944)。只见他站在石墩上，夹克衫敞开，左手握紧，右手举起，似乎正在发表演说。

台尔曼出生在汉堡的马车夫人家，本人也做过码头工人、车夫和司机，魏玛共和国（1919—1934）期间，他曾以共产党主席身份两度竞选德国总统，结果都败给了陆军元帅兴登堡，其中第二次参选的还有阿道夫·希特勒。1933 年 1 月，兴登堡被迫任命希特勒为总理，结果在他于次年病逝后大权被希特勒独揽，从而开始了纳粹统治。

希特勒上台不久，借"国会纵火案"大肆逮捕共产党干部，该党组织对此毫无思想准备。1933 年 3 月 3 日，台尔曼本人在柏林被捕，经过长达 11 年半的监禁，最后于 1944 年 8 月在魏玛西北郊的布痕瓦尔德集中营遭杀害并被焚尸灭迹，年仅 58 岁。

布痕瓦尔德是德国境内最大的纳粹集中营之一，曾用活人做医学试验。在被苏联红军解救的人中，有一位罗马尼亚出生的小伙子韦瑟尔，后来成为一名作家和学者。1986 年，他因为把个人的关注化为全人类对一切暴力、仇恨和压迫的谴责而获得诺贝尔和平奖。

中共对台尔曼的牺牲有过如下看法："由于受共产国际'左'倾路线的影响，台尔曼等德共领导人，在面临法西斯严重威胁的情况下，没能改变把建立苏维埃政权作为当前目标的提法，对保卫现存资产阶级民主的必要性缺乏认识。"

恩斯特·台尔曼铜像

68. 歌德故居

魏玛，2010 年初秋

魏玛是一座小城市，不到十分钟我便走过了国家剧院和席勒旧居，前者的门前有一尊歌德和席勒并肩而立的塑像，后者是街边的一座三层黄色楼房。稍作停歇，穿过一座广场的露天集市，我找到了歌德故居。

1775 年，26 岁的歌德应 18 岁的卡尔·奥古斯特公爵的邀请来到魏玛，从此便生活在这座小城里（期间有两年出游意大利），直到他 83 岁去世。在魏玛最初的十年里，歌德担任公爵的首席枢密顾问，成了不可或缺的小邦大臣，视察矿山，监督灌溉计划，甚至为其小小的军队发放制服。

歌德故居是一座两层的带花园的洋房，红瓦黄墙，花园其实不大，且主要长绿色植物，但对于魏玛这样的小城还比较合适，房间也还比较多。诗人的故居处于市井的包围中，这一点出乎我的意料，他最后正是在这座房子里谢世的。

1788 年，歌德从意大利归来之后，担任魏玛剧院的艺术总监。他专心致志地写作，完成了包括诗剧《浮士德》在内的多部力作，这部巨著的写作时间跨度达 60 年。此外，歌德还受意大利文艺复兴的影响，热衷于研究自然科学，共完成 14 部有关著作。

1806 年，入侵魏玛的拿破仑士兵进入歌德的房子，与他同居的女友克里斯汀冒着生命危险将其赶走。她是一个下等官吏的女儿，其时与歌德已同居 18 年，两人生下多个孩子。歌德深受感动，次日一早便领着克里斯汀去魏玛的一个小教堂举行了婚礼。

1
2

1.2. 歌德故居

69. 花园别墅

魏玛，2010 年初秋

虽然歌德一生恋爱无数，但克里斯汀是他唯一的妻子，也是他的孩子们唯一的母亲。他们相遇在伊尔姆河畔的花园里，那是歌德初来魏玛时公爵赠送给他的，当时十分简陋，只有一间匠人的旧屋。多才多艺的诗人身兼建筑师和园林设计师，他用一年多的时间将其改造，变成一座美丽的花园别墅。

可是，我们仍然难以想象，一位南方来的大诗人如何在异乡一座寂静的小城定居并度过一生。原来，除了公爵的热情好客和信任友谊之外，还有一位女士的存在，她就是夏绿蒂·冯·斯坦因。夏绿蒂比歌德大七岁，已结婚 11 年，丈夫是公爵的侍从武官。

这是一位很有学识和文化修养的美丽少妇，经常带诗人去她的乡间农庄。在他们的交往过程中，歌德一共给她写了 1600 多封（首）信和诗歌，这些文字全留了下来。两人的关系后来变得疏远，而在歌德与克里斯汀好上以后，夏绿蒂一度愤恨不已。

歌德结婚两年以后，当拿破仑与沙皇亚历山大一世在邻近的爱尔福特会晤，有一天也召见了歌德，拿破仑和诗人谈起《少年维特的烦恼》的读后感，并在他走后评价道，“这才是个人！”几天以后，拿破仑又来魏玛回访。

我从城里的歌德故居出发，沿着伊尔姆河畔向南走，大约 30 分钟便到了一座植物园，随后看见一幢灰色楼房，一面朝向草坪，另外三面被树木环绕，篱笆中间有道白色门扉。我见到好几拨中学生，结伴来看诗人的花园别墅，还有一位推婴儿车的母亲。

1
2

1. 歌德的花园别墅　2. 一同出游的母子

70. 包豪斯学院

魏玛，2010 年初秋

看完歌德故居以后，我便想去瞧一瞧慕名已久的包豪斯学院，这是一所艺术和设计学院，由德国著名建筑师格罗皮乌斯于 1919 年创建于魏玛，校名是房屋或建筑一词颠倒过来。包豪斯很快聚集起一群艺术家和手工艺大师，包括俄国画家瓦西里·康定斯基和瑞士画家保罗·克利，前者一度出任副校长。

包豪斯学院的成就首先表现在建筑方面，并在第二任校长汉斯·迈耶任期内形成了流派。她的设计风格简约朴素，她的出现标志着现代设计的诞生。包豪斯也是世界上第一所完全为发展现代设计教育而建立的学院，其宗旨和授课方向是使艺术和手工艺与工业社会需求相统一，对现代设计的发展产生了深远的影响。

1925 年以后，包豪斯学院先后迁至德绍和柏林，其中德绍的校舍由格罗皮乌斯设计并成为他的代表作，他后来辞去校长职务，被纳粹定义为“优雅的沙龙布尔什维克”，包豪斯理念也被压制，学校多次易名。两德统一以后，德国政府将其重新复名为包豪斯，并成立魏玛包豪斯大学，下设建筑、传媒、造型和土木四个学院。

遗憾的是，眼前这座包豪斯学院（大学）至少从外表上看，已不具有震撼力，我甚至不敢相信这就是赫赫有名的包豪斯学院。据说二战期间包豪斯学院的大部分教员移居美国，其中就有画家艾伯斯，他从包豪斯毕业后一度留校，后来对美国的艺术和艺术教育产生巨大的影响。我猜测，与哥廷根大学在数学和物理学方面尚未恢复元气一样，包豪斯学院也未恢复到二战前的水准。

包豪斯学院

71. 李斯特纪念馆

魏玛，2010 年初秋

看过包豪斯学院以后，我准备过一条马路，蓦然抬头，看见对面有座正封闭装修的房屋。一块蓝色的广告贴在幕墙上，显得异常引人瞩目，上面印着一个英俊的年轻人，正是匈牙利作曲家李斯特。原来，这儿也是李斯特故居，明年是他诞辰 200 周年，而魏玛曾是这位音乐家生命中的重要一站。

1832 年歌德去世以后，文化之都魏玛一下变得冷清了。直到 16 年以后，李斯特应邀担任魏玛的音乐总监。其实，远在歌德出世前的 1708 年，有着“音乐之父”美誉的图林根老乡巴赫便已来到，出任魏玛宫廷乐长兼管风琴师长达九年。在这里，巴赫完成了许多知名的管风琴乐曲。

可是，巴赫性格腼腆，甚少外出或交往，更像是默默工作的匠人。相比之下，李斯特到来前已是享誉欧洲的演奏大师，匈牙利皇室赠予他荣誉佩剑，并已封爵。魏玛时期，受一位公主的激励，他把精力主要用在指挥和作曲上。他是个孜孜不倦的人，先后指挥上演了 43 部歌剧，舒曼、勃拉姆斯和瓦格纳等都是魏玛的常客。

李斯特在魏玛共住了 13 年，其中后五年已经辞职，他在这里创造了《浮士德交响曲》、《但丁交响曲》、《匈牙利狂想曲》，多部钢琴协奏曲和奏鸣曲，还有 13 首《交响诗》，后一种音乐体裁是他的首创。即使晚年，他仍往返于罗马、布达佩斯和魏玛之间。仔细看那张墙上海报，上面写着展览时间，李斯特——欧洲人在魏玛，2011 年 6 月至 10 月，囊括了李斯特的生日和忌日。

正在装修的李斯特故居

72. 尼采之死

魏玛，2010 年初秋

说到李斯特之死，不能不提到瓦格纳，这对年纪相仿的音乐大师可谓莫逆之交。李斯特曾在魏玛指挥上演瓦格纳的《汤豪瑟》、《罗恩格林》等歌剧，后来两人关系一度破裂，只因瓦格纳引诱了老友爱女科西玛，之前李斯特的一对儿女已死于青春期。1886 年，李斯特在参加拜罗伊特音乐节期间，死在女婿瓦格纳家中。

让我深感意外的是，哲学家尼采也与魏玛有瓜葛，他也是瓦格纳的另一位欢喜冤家。作为现代哲学的开创者，尼采也是位卓越的散文家和诗人。他最早开始批判现代社会，然而他的学说在当时没有引起重视，直到 20 世纪，他的时代才姗姗来迟，诸如存在主义、弗洛伊德甚或后现代主义，都以各自的形式回应尼采的哲学思想。

除了哲学，尼采也热爱巴赫、贝多芬，以及瓦格纳，他在《悲剧的诞生》里热情歌颂了这位歌剧大师。1868 年，尼采在莱比锡瓦格纳姐姐家中见到仰慕已久的音乐大师，随后的几年瓦格纳成为尼采艺术和理智方面的良师益友。可是到了 1876 年,他的《瓦格纳在拜罗伊特》却明扬暗抑，后来便彼此不再有任何往来。

瓦格纳去世那年，尼采动笔写《查拉图斯特拉如是说》，宣称“上帝死了”。罗素说他在模仿《圣经》，与其说是哲学，毋宁更像诗歌。尼采一生都在漫游中，不仅在精神上。1897 年，他移居魏玛，由妹妹照顾，这座漂亮的房子是尼采档案馆，假如他当年住在这里，似乎太奢侈了，感觉旁边这座木栅栏围成的房子更适合他。当新世纪的曙光降临，尼采在魏玛去世，年仅 56 岁。

1
2

1. 尼采档案馆　2. 这座小房子更像是尼采住的

73. 俄国小教堂

魏玛，2010 年初秋

尼采死后葬于他的故乡，一会儿我旅途中刚好要经过，现在说说歌德和席勒的葬身处。那是在著名的公爵穹顶（Ducal Vault），自从 17 世纪以来便是魏玛－萨克森公爵的家族墓地，共有 40 多具灵柩，唯一的两个例外是诗人歌德和席勒。1998 年，穹顶和歌德的花园成为联合国教科文组织认定的世界文化遗产。

我买了门票，进入了穹顶。穹顶分上下两层，上层中央有一个圆孔，周边围起高栏，可以看见地下的灵柩，也给地下带来了光。有一位保安站岗，拍照是不允许的。下了楼梯，我看见了那一幕：公爵家族的灵柩占了三面，唯有歌德和席勒相邻且单独摆放。显而易见，游人全是冲着这两位诗人来的。

有趣的是，席勒的灵柩是在 1827 年安放的，比歌德的仅早五年，但他们的去世却相差 27 年。2006 年，经 DNA 检测，灵柩里的遗骸并非席勒，于是被清除，我们看到的是一具空的。同样有趣的是，19 世纪的卡尔·弗里德里希公爵，他的夫人偏偏信仰东正教，于是使出妙招，把公爵安葬在南墙，而在穹顶南边建了一座东正教堂，也就是俄国小教堂，公爵夫人之墓挨着北墙。

出来后我特意去看小教堂，发现有一伙中学生正在教堂外聚集聊天，他们该不是俄国人后裔，而是喜欢那里的寂静和色泽。教堂和穹顶周围，是魏玛的贵族公墓，歌德的家人全葬在那里，包括他的夫人克里斯汀。还有艾克曼，就是晚年充当歌德的秘书，写下《歌德谈话录》的那位作家，他曾是哥廷根的法学专业学生。

1
2

1. 贵族公墓　2. 公爵穹顶

74. 城堡博物馆

魏玛，2010 年初秋

差不多到了告别的时候，我去车站路上，绕道经过魏玛的城堡博物馆。这是因为车站广场上看到的那幅海报的诱惑，果然，这是一座值得一看的博物馆，且与歌德密切相关。1775 年，当年轻的歌德初抵魏玛时，这里已是一片废墟，城堡以及大公的大部分早期收藏品在一年前被一场大火焚毁。

在公爵的支持下，歌德决定重建城堡，他先后聘请来三位建筑师主持这项工作，由此可见任务之繁重，也可看出歌德工作十分敬业。如今，艺术收藏品放满了宫殿的两个侧宫。藏品中最珍贵的作品是文艺复兴时期画家丢勒的两幅肖像画——《汉斯・塔切尔》和《菲利西塔斯・塔切尔》。

此外，还有 30 多件老克拉纳赫的作品，他只比丢勒小一岁，是魏玛的宫廷画师。克拉纳赫支持新教改革，为此创作了许多宗教题材的作品来支持马丁·路德。他和路德是亲密好友，也是路德孩子的教父。他画了年轻热忱的路德，而他的儿子小克拉纳赫则把路德画得肥胖臃肿。还有一幅作品《施舍》，明显带有色情意味。

我无暇去细看博物馆里的其他藏品，但我注意到博物馆的正面有三个展览的招贴画，自左到右按年代顺序排列，分别是 16 世纪的克拉纳赫、19 世纪的蒂斯拜恩和法国雕塑家罗丹。蒂斯拜恩作为画家成就一般，但他是歌德的好友，最有名的作品是那幅布上油画《歌德在罗马郊外的坎帕尼亚》(1786)，画中歌德身着长袍，头带草帽，坐在一块红石头上，左手放在右脚膝盖上。

城堡博物馆

75. 歌德与席勒

魏玛，2010 年初秋

看完城堡博物馆后我不由感叹，为了艺术公爵真舍得花钱。相比之下，古代中国的科举制度使得人们把注意力集中在功名利禄上，艺术成为少数人的爱好。加上皇权的集中，官吏的乌纱帽非铁饭碗，少有人真正关心艺术，这一状况至今未有改变的迹象。

我在农贸集市广场上吃了午餐，随即赶往车站。途中经过莎士比亚咖啡屋，提醒我想起歌德十分崇敬莎翁。走过国家剧院门前，见到歌德与席勒依旧并肩站在那里。这件雕像作于 1857 年，至今仍光泽鲜亮。我意外地发现，广场上多了两只可爱的小狗。

莎翁咖啡屋

国家剧院门前可爱的小狗

歌德与席勒相差十岁，两人既非一见如故，也不属于忘年交。1786年，席勒前往魏玛；次年，在歌德的举荐下任耶拿大学历史学教授，其时歌德正旅居意大利。那以后，席勒很长时间专事历史和美学研究，虽然耶拿和魏玛很近，他们的交往并不多。

1794年的一个夏日，歌德和席勒就自然科学作了一次坦率的交谈，气氛友好、活跃，消除了一些误会。一周以后，两位诗人再次晤面。这次他们就文学创作、理论以及德国文学现状交换意见，发现见解很一致。那以后，他们便成为好朋友，各自激发出巨大的创作激情。考虑到文人相轻的传统，这一现象十分罕有。

以贝多芬为例，1810年，他将歌德的悲剧《齐格弗里德》谱成曲子，随后致函歌德表达敬仰之情。1812年夏天，歌德在波西米亚温泉小镇卡尔斯巴德（今捷克卡罗维发利）时，贝多芬也在附近的特普利采，于是他们见了面，但并没有因此结下友谊。

76. 驶向莱比锡

魏玛，2010年初秋

午后我出发前往莱比锡。火车驶向东北方向，一刻钟后进入萨克森－安哈尔特州。该州是马丁·路德的故乡，以他名字命名的大学所在地哈雷不在铁路线上，却在欧洲最先倡导科学研究，那也是作曲家亨得尔的出生地，集合论创立者康托尔郁郁寡欢地在那里度过一生。

如我所料，德国的每一座城市都有文化渊源。不一会儿火车便停靠瑙姆堡，这座小镇有一所文科中学非常了得，出过多位文化名人，有前文提及的哲学家尼采、语言学家兼莎士比亚译者施莱格尔，还有诗人诺瓦利斯，以及先验主义者兼道德哲学家费希特。

费希特是康德的信徒，当他偶然读到老康德的著作，便动身前去造访，获得圆满成功。诺瓦利斯是英年早逝的诗人，他的诗歌和理论极大影响了浪漫派。他曾在故乡魏森费尔斯任盐场技术监督，订婚两次，第一次是新娘仙逝，第二次是自己未能等到婚礼（年仅28岁）。有趣的是，下一个停靠站正是魏森费尔斯。

窗外依然阳光明媚，只是树木、庄稼和草地不如西德那样整洁、有序，这我在魏玛便已看出，即便歌德的花园也是修剪不整。再往前十来分钟，就是尼采的出生地吕岑，因为人口太过稀少，没有标在地图上，位置在魏森费尔斯与莱比锡之间。

进入萨克森州以后，天空出现少量流云。这注定是一次匆忙的旅行，因为当天晚些时候我要赶到慕尼黑郊外，我与邻座的一个莱比锡人攀谈起来，没想到他是市议员。抵达以后，议员先生告诉我，这是欧洲最大的火车站，我想他指的不是乘客量。

DAS BEWEGT LEIPZIG
PROMENADEN
DB
Osthalle
MANGO

77. 巴赫的教堂

莱比锡，2010 年初秋

莱比锡虽然设市较晚（1170），但由于地处中东欧商业和交通要道，15 世纪末就成为博览会之都，至 1700 年已是德国最繁华的商业中心。令人羡慕的经济促进了引人瞩目的文化生活，尤其是早期印刷业的发达（高斯《算术研究》首版便在此印制）和巴赫所创造的音乐全盛时期，至今皮货和图书出版业的盛况依旧。

说到巴赫，虽然他生前主要被看作拨弦键琴和管风琴演奏家，如今却有“音乐之父”的美誉。离开魏玛以后，巴赫先在莱比锡西北 100 多公里的克腾逗留了四年，在那里谱成了《布兰登堡协奏曲》和《平均律钢琴曲集》。第一个妻子去世后他又娶了魏森费尔德一个小号手的女儿（他本人担当了这座小镇的名誉乐正），然后移居莱比锡——他一生到过的最大的城市，在圣托马斯教堂任乐队指挥，度过了生命中最后的 27 年。

这就是那座 12 世纪的路德教堂，从远处的建筑工地看尤为挺拔。教堂外面有巴赫和门德尔松的全身塑像，尾部被一条粗绳隔开，里面是巴赫家族的葬身之地。巴赫的两任妻子为他生了 20 个孩子，其中一半存活下来，至少四个在音乐上卓有成就。白色的蜡烛点燃，摆放在木地板上，那架巴赫弹过的管风琴并未奏响。

任职圣托马斯教堂期间，为了养家糊口，巴赫兼任了许多职位，也曾主持莱比锡大学音乐社，但仍勤奋作曲，写下了《B 小调弥撒曲》、《马太受难曲》和多部康塔塔。巴赫作品里的秩序、均衡和孜孜不倦，使他享有“音乐家中的数学家”之名。

巴赫的教堂

78. 门德尔松花园

莱比锡，2010 年初秋

巴赫在世时被认为是守旧人物，死后 50 年里他那巴洛克风格的音乐无人问津。甚至他的小儿子也师从意大利人，后来成为伦敦国王剧院的作曲家，并有“伦敦巴赫”的称号。巴赫长子则成了从巴洛克风格向洛可可风格过渡时期的重要人物，只有他的次子埃玛努埃尔继承了父亲的风格，对海顿、莫扎特和贝多芬产生了影响。海顿称小巴赫的作品为“教材中的教材”，莫扎特则说:“他是父亲，我们是孩子。”

1829 年，20 岁的门德尔松在柏林指挥演奏了《马太受难曲》，这是老巴赫逝世后的第一次指挥，从此开始了巴赫音乐的复兴，其势如火如荼。门德尔松是一位音乐神童，17 岁便写出如火纯青的《仲夏夜之梦序曲》，后来又有《意大利交响曲》、《e 小调小提琴协奏曲》，后者开头的旋律诚挚亲切，令人难忘。

同样值得一提的是，1842 年，门德尔松创办了莱比锡音乐学院，这是德国第一所音乐学院，莱比锡也因此成为音乐之都。遗憾的是，五年以后，门德尔松在得知亲爱的姐姐去世后肝肠寸断，从此一蹶不振，当年他便因血管破裂在莱比锡不治身亡，年仅 38 岁。

辞别巴赫以后，我去参观门德尔松故居。那是一幢三层的普通住宅，门德尔松故居占据了二楼的半层，已开辟为博物馆。除了起居室和卧房，还有音乐家的工作室和小型音乐厅。楼下有个公用的庭院，修剪得并不整齐，有些地方露出了泥土。那里立着门德尔松的头像，一张白色的长椅与周边环境十分融洽，便拍了下来，后来被用在浙江大学理学大讲堂的招贴画上。我相信，大多数科学家都喜欢古典音乐。

门德尔松塑像

79. 舒曼与克拉拉

莱比锡，2010 年初秋

对我来说，门德尔松让我记忆最深的是钢琴曲集《无字歌》，尤其是那首《威尼斯船歌》。20 世纪 80 年代初的一个午后，正在数学王国里遨游的我，从中央人民广播电台的午间半小时节目《八音盒》里听到了一组钢琴曲，让我知道数学王国以外还有如此美妙的音乐。

除了《威尼斯船歌》以外，那天播放的还有舒曼的《梦幻曲》、肖邦的《夜曲》和格里格的《皮尔·金特》组曲。那次邂逅对我的人生意义重大，从那以后，我几乎把所有古典音乐都找来听了个遍，也正因为如此，才有后来我对绘画、诗歌的兴趣和迷恋。

我没有想到，门德尔松和舒曼是相熟的朋友。舒曼出生在萨克森州的茨维考，比门德尔松小一岁。莱比锡音乐学院创办次年，舒曼也受聘该院任教。原先他应母亲要求入莱比锡大学攻读法学，后来听了意大利小提琴家帕格尼尼的演奏，才决心放弃法律献身音乐。又因为右手指受伤，开始了作曲家的生涯，多数佳作是为克拉拉而写。

在莱比锡读书期间，舒曼师从钢琴家克拉拉的父亲学艺，那年克拉拉才九岁。后来，他与渐渐长大的克拉拉产生了爱情。这对情人几经波折，最后经法院干预才结良缘。克拉拉后来成为闻名欧洲的钢琴家，她的肖像曾出现在 100 马克的德国纸币上。

离开门德尔松的花园以后，我来到舒曼和克拉拉的故居。也是一座普通住宅，其中的一半现在成了幼儿园。舒曼夫妇后来移居德累斯顿，他几次试图投易北河自尽，结果被人救起。1856 年，舒曼死于波恩附近的一家精神病院，年仅 46 岁，克拉拉比丈夫多活了 40 年。

1 2

1. 舒曼　2. 克拉拉

80. 旧市政厅

莱比锡，2010 年初秋

有一个流行的说法，晚辈作曲家勃拉姆斯初次造访舒曼家时，便被克拉拉的美貌和才华吸引。在舒曼精神错乱以后，勃拉姆斯主动前来照料克拉拉，两人的情谊非同小可。可是，舒曼去世后他们并未走到一起。勃拉姆斯终身未娶，克拉拉病重时，他为她写了四首歌曲。克拉拉离世后不到一年，年轻 14 岁的勃拉姆斯也走了。

说完了音乐，我再来说建筑，如同老歌德所言，“音乐是流动的建筑，建筑是凝固的音乐”。在巴赫的圣托马斯教堂附近，有一座市场广场，旁边有一座古老的建筑——旧市政厅。此楼建于 1556 年，共分三层，是德国最漂亮的文艺复兴建筑之一。

最下面是棕红色石砌的拱廊，有一些出售纪念品和香烟的商店，中间为黄色墙身，最上面是红瓦斜坡屋顶。屋顶上还建有六座造型优美的阁楼，阁楼中间高耸着钟塔。与中世纪的哥特式建筑不同，这座建筑接近于古希腊古罗马时期的柱式构图，而柱式被认为是与人体美有相通之处。

二战期间，旧市政厅在劫难逃，眼前这座建筑是重建的，现为市博物馆。广场上恰好有一伙布拉格青年，应我的邀请一字儿排开留影。捷克邻接萨克森，他们到这里很方便。旧市政厅后面是集市广场，那儿有座青年歌德塑像，他曾就读于莱比锡大学。再往远处，有一座欧洲最大的纪念碑，高 91 米，是为了纪念 1813 年莱比锡大会战，交战对手是不可一世的拿破仑。莱比锡显露出霸气，她是 2006 年德国世界杯 12 座举办城市中唯一属于原东德的。

偶遇布拉格青年

81. 莱比锡大学

莱比锡，2010 年初秋

终于，我要去看看莱比锡大学了。在哥廷根的那段时间，老听到莱比锡大学的名字。这所老牌大学创建于 1409 年，是欧洲最古老的大学之一，也是现今在德国历史仅次于海德堡的大学，另两所创建略早的科隆大学和爱尔福特大学都曾关闭一个多世纪。

莱比锡大学以人文见长，这只要说起闵采尔、巴赫、莱辛、歌德、诺瓦利斯、费希特、舒曼、瓦格纳、索绪尔、伽达默尔的名字就知道了，中国教育家蔡元培也曾在此校研修多年。不过，现任德国女总理默克尔当年读的是物理系，此前智利和拉美首位女总统巴切莱特读的是医学院。

在自然科学领域，莱比锡大学也不乏英才，比如天文学家第谷，数学家莫比乌斯、克莱因和索菲斯·李，物理学家韦伯、赫兹和海森堡，氢弹之父泰勒，化学家奥斯特瓦尔德，后者提出了稀释定律，在把物理化学建成化学的独立分支过程中起了主导作用。

此外，还有全才的莱布尼茨。他就出生在莱比锡，父亲是莱大的伦理学教授。他当年读的是法学，20 岁那年提交了一篇出色的博士论文，结果因为年纪太轻未通过，同年递交的另一篇论文则使他获得讲授哲学的资格，但他却永远离开了故乡。

由于处在闹市区，莱比锡大学的校园比较狭小，有点像香港大学。不过仍腾出空间为莱布尼茨立了一座高大的塑像，只见他头发卷曲，双手展开捧着一本书。冷战期间，莱大曾改名“卡尔·马克思大学”，校园里竖起 33 吨重的马克思像，2006 年被推倒了。

莱布尼茨塑像

82. 遥想德累斯顿

莱比锡，2010年初秋

四个半小时，这是我在莱比锡的全部时间，我知道这样做只能看到皮毛，但也只好认了。下一站，我本想沿德国最古老的铁路干线去德累斯顿一游，那只是100公里的路程，也由于时间因素放弃了。2002年夏天，我在从布拉格前往柏林的旅途中，本可以经过德累斯顿，却为去看白俄罗斯和波兰，绕道明斯克和华沙了。

早就听说，德累斯顿有着“易北河上的佛罗伦萨”的美誉，曾是欧洲最美丽的城市之一（有这个说法的欧洲城市我只听说过四个）。多年以前，我游历罗马城时就了解到，拉斐尔的《西斯廷圣母》等多幅杰作收藏在德累斯顿的美术馆里。二战期间，英美联军出动飞机轰炸，德累斯顿损失惨重，百科全书收有“德累斯顿轰炸”的词条。

幸亏当时的美术馆和市政府领导当即立断，把大部分艺术珍品转移到郊外，才逃过一劫，可是那些古老美丽的建筑却毁于一旦。现在我知道，当年被转移到郊外的还有玛雅人的手抄残本，其中包含了著名的2012预言。而另外两种，巴黎和伦敦的抄本，却没有这个预言。冷战结束以后，借助西德的财政支援，德累斯顿加快了修复，据说现在又是一座美丽的城市了。

瞧，这幅照片就是我在莱比锡车站的月台上拍的，从时间上判断，那时我刚从魏玛抵达，而不是即将离去。事实上，我从魏玛搭乘的那列火车的终点是德累斯顿。快到莱比锡时，我曾经犹豫过，因为必须要在莱比锡和德累斯顿之间作出选择。这无疑是一次痛苦的选择，但我不曾后悔，同时相信以后有机会造访德累斯顿。

莱比锡车站月台

83. 又见施密特

莱比锡—慕尼黑，2010 年初秋

火车驶向南方，起先是顺着来路，经魏森费尔斯和瑙姆堡后偏转方向，向南到达耶拿。耶拿在魏玛东边 20 公里处，曾是歌德的保护人奥古斯都公爵的领地，与魏玛可谓姐妹城。耶拿大学又名席勒大学，是浪漫主义的据点，卡尔·马克思也在此取得博士学位。此城拥有著名的光学仪器厂蔡司，本人眼镜所用镜片便出自该公司。

我没有下车浏览，却在一份铁路读物封面上看到一张熟悉的面孔，这位满头银发的老者便是原西德总理施密特。1975 年，施密特首次访华，他的飞行路线记录在我的笔记本上。1918 年，施密特出生在汉堡的一个犹太商人之家，那年该有 92 岁了，可是看上去依然精神矍铄、风度翩翩。而五年以后，他又为习大大著作的德文版写书评。

施密特从汉堡大学经济系毕业后从政，二战期间进过战俘营。1984 年，施密特卸任两年后爆出丑闻，他和父亲曾隐瞒真相，伪造出生证明以使他得到雅利安血统。迫于压力他公开认错，只因按纳粹法律，不允许有任何犹太血统的士兵晋升军官，而他是中尉军衔。后来的民调显示，施密特仍是战后最受欢迎的总理之一。

进入巴伐利亚州以后，天色完全暗下来，这是德国面积最大的一个州，也是我抵达的第 14 个州。在到达纽伦堡之前有一个多小时的时间，我打了一个盹，直到过佩格尼茨河上的铁路桥时才醒来，此时已晚上 9 点多，我想起 15 世纪的版画家丢勒，他是德国历史上最伟大的画家，也是文艺复兴时期艺术家中数学造诣最深的一位。再往前，就是我在德国的最后一站慕尼黑了。

铁路杂志封面人物是施密特

84. 自动售货摊

慕尼黑，2010 年初秋

从丢勒的纽伦堡醒来，火车已过大学城埃尔朗根，那是大名鼎鼎的女数学家诺特的故乡，也是克莱因发表他纲领性文章的地方。随后，我们在小城多瑙沃特过了多瑙河。从多城上溯 60 公里，就是符腾堡州的乌尔姆，那是爱因斯坦的出生地，也是笛卡尔获得灵感的地方。而下游 60 公里，则是奥迪之城英戈尔施塔特

接着经停奥格斯堡——到达慕尼黑前的最后一站，这里的历史更辉煌，是文艺复兴时期画家霍尔拜因父子和 20 世纪戏剧家布莱希特的出生地。老霍尔拜因的侧身自画像出手不凡；布莱希特写过《四川好人》（1939），讲述了一个会变脸的妓女沈德的故事，阐明“既要善待别人，又要善待自己”是件难办的事。

抵达慕尼黑中心火车站已近晚上 11 点，我钻入地下，换乘两次地铁才到西郊的一座小镇，到站后又穿过好几条街道，才找到一家私人旅店。这是在哥廷根提前预定的，这在我的旅途中属少见，如果不是到达的时间太晚，尤其是慕尼黑啤酒节即将开幕，我一般会现找旅店的。虽说已到子夜时分，主人仍在等着我。

次日早晨，我看清了旅店的真面目，那是一幢淡黄色的两层楼房，外加一层阁楼。附近有一个自动售货摊，旁边有一处投币口，木头的货栏分三层，按个销售，单价已写在上面。蔬菜的品种不多，却很难辨认，似乎有北海道的小南瓜、西葫芦、黄瓜、小西瓜之类。这样的销售方式只有德国才可以，至少我本人从没见到过，不论在哪个国度。

自动售货摊

85. 玛利亚广场

慕尼黑，2010年初秋

在旅店用完早餐以后，我便乘地铁来到慕尼黑市中心的玛利亚广场。广场中心的大理石纪念柱上站着慕尼黑的保护神——圣母玛利亚。再抬头往高处看，可以见到15世纪的圣母教堂，高99米，双塔的塔尖恰似两颗洋葱头，因此又被称作洋葱头大教堂。

我看过圣母教堂的明信片，冬天到来时，慕尼黑南面50公里处的阿尔卑斯山巅银装素裹，以此为背景比现在好看多了。慕尼黑在德语里的意思是僧侣之城，因为最初来了许多爱尔兰僧侣。这个喜好迁移的民族足迹极广，新大陆的纽约也是他们捷足先登的。爱尔兰人还喜欢黑啤酒，这是否是啤酒城慕尼黑的渊源呢？

圣母大教堂一次可以容纳两万信徒，足见其容量。可是，由于空间狭小，很难拍到教堂全貌。不远处的市政厅建于19世纪，据说耗时42年才告完工，它与圣母大教堂都是慕尼黑的标志。其中高85米的钟楼上装有木偶报时钟，每天上午11点、下午5点，会准时表演1568年威廉五世公爵大婚盛况。十分钟的表演惟妙惟肖，吸引了数以千计的游客在广场上静候。

低头看下面，我见到一个赤裸的喷泉男孩塑像，男孩旁边一个好色之徒要欺负他，但他的阳具被男孩抓在右手里，于是便从嘴里喷出水柱，男孩赶忙又用左手去挡。据说1895年这个雕像落成时，遭到许多市民反对，甚至巴伐利亚王子也出面劝说雕塑家修改，但他却坚持自己的设计。如今，这个喷泉已是慕尼黑最受市民和游客喜爱的雕像。

圣母教堂

喷泉男孩雕塑

86. 慕尼黑街景

慕尼黑，2010 年初秋

漫步在慕尼黑市中心，有种被压抑的感觉，这与空间的狭小、周边高耸的建筑和密集的人群、流速等因素有关。这里汽车禁行，虽说慕尼黑是宝马之都。瞧这幅图，本是地铁的一处出入口和通道，但十来米宽的路面一半被饭店的顾客侵占，另一半也因为街头艺人的表演而拥堵，其中的白衣女孩是游客。不愧是举世闻名的啤酒城，每张餐桌啤酒必不可少，且都是大杯的冰啤酒。

说到地铁，与其他德国大城市一样，慕尼黑的地铁分 U-bahn 和 S-bahn，前者是普通的城市地铁，后者可以理解为郊区地铁，是由德

慕尼黑街头

国铁路公司 DB 经营的，两者也交汇，但距离相对较远，去火车站的一般以 S-bahn 较为方便。这里是市中心，从艺人背后的指示牌可以看出，两种地铁都有，蓝色的 U 和绿色的 S。

正对面是写字楼，可谓黄金地段。Wormland 是男装品牌，worm 的意思是蠕虫，这里一楼用于销售，二楼用于办公。左边的 Orsay 是女装品牌，据说在中国的第一家专卖店开在上海的淮海中路，也是在地铁站边（陕西南路站）。Orsay 楼上是米兰注册的贝纳通公司，可是画面上不见店面。

夹在两家时装店中间的是瑞士的 Swatch 腕表专卖店，特意在店名后面加白十字红底的瑞士国旗。显而易见，Swatch 的意思是 swiss watch 的缩写，起了一个好名，可惜中文译名，斯沃齐，却不怎么好听。在钟表王国瑞士，塑料的电子表自然算不上名表，但它却借着实惠的价格和瑞士之名击败日本，打开了全世界的市场。

慕尼黑街头

87. 蒙古人的表演

慕尼黑，2010 年初秋

与欧洲各大名城一样，街头表演也是慕尼黑的一景。对我来说本已司空见惯，但却意外地看到来自中国的表演。说意外，是因为我从未在巴黎、伦敦那样的城市看到同胞，最多是肖像画家。即便两年前我在全球最大的爱丁堡艺术节上，也只看到韩国姑娘的扇子舞。准确地说，这是两个蒙古族男人的表演。

只见两位爷头戴瓜皮帽，身穿蓝色丝绸长褂，圆形和文字状的图案难以辨认。同一图案也出现在皮靴上，靴尖翘起，像是龙舟的船头。琴箱形状有别，左边梯形的是马头琴，右边椭圆的有可能是陶布秀尔，这样的话他们就是西部林中的卫拉特蒙古了，而成吉思汗家族出自草原上的东部蒙古。

他们还带着不算小的旅行箱，应该没有在慕尼黑住下来。我想起蒙古人的远征，1241 年，蒙古人在西里西亚全歼了一支日耳曼人和波兰人的混合部队，罗马皇帝弗里德里希二世束手无策。但蒙古人的占领只到波兰、匈牙利和罗马尼亚为止，便因为王朝的内部分裂而撤退了。也就是说，他们并未侵犯今日的德意志、奥地利和意大利。

蒙古人的表演并非最寂寞的，离他们不远，一位绿衣少妇摆出不同的造型，一动不动地站着，不发出任何声音，即便有人扔下一张纸币。也许身体的疲惫已够受了，无论何种姿态，她的眼神始终朝下。我在市中心来回走了两圈，有一回看见她正好休息。依然低着头，打开木箱，拿出镜子补妆。

1
2

1. 街头艺人　2. 补妆

88. 宫廷啤酒馆

慕尼黑，2010 年初秋

临近中午，我急着要去宫廷啤酒馆了，这是到慕尼黑来的访客的必游之地。1516 年，慕尼黑颁布了世界上第一条食品法，“自即日起，凡酿制啤酒，除大麦、啤酒花和水外，不得使用其他原料和附加物”。这条法令至今仍然有效，俗称“纯酒令”，违者会受到严厉惩处，此举奠定了巴伐利亚啤酒日后的世界声誉。

“巴伐利亚有公爵，公爵、公爵常口渴；公爵手下仆役多，仆役、仆役口更渴。”这是 16 世纪的民谣，当时的威廉五世手下有数百当差的，光啤酒消费就是一笔不小的开支。他想出一个节约的办法，在自家地皮上建起一个啤酒厂，先是供应内需，后见有利可图，转而外销，渐渐演变成后来的宫廷啤酒厂或啤酒馆。

据说，从莫扎特到茜茜公主，再到列宁夫妇，都是宫廷啤酒馆的常客。直到 1923 年，希特勒和他的支持者在此发动了“啤酒馆政变”，率冲锋队逮捕了当地的长官，企图推翻魏玛共和国。政变失败后希特勒被捕，纳粹党暂时遭到挫折。希特勒在狱中写下了《我的奋斗》，十年以后，他终于登上权力的宝座。

我到时，啤酒馆里已客满，不下千名顾客，据说有时一天会有三万顾客。不过，散客还是容易找到位置的。德国人没有包厢包桌的概念，占个坐位，就有招待上前服务。我看到周围的人都大鱼大肉，便也要来一只蹄膀、两只土豆和一杯啤酒来补充营养，明天就要到原苏联地区了。瞧，这是我的邻座，个个身材魁梧，看起来像是蓝领工人，但有一半以上却带着近视眼睛。

啤酒馆的邻座

89. 大耳朵杯

慕尼黑，2010 年初秋

宫廷啤酒馆中央有个小舞台，乐队正在演奏军乐。此处正是希特勒当年发表煽动性演说的地方，从现场热烈的氛围里，我完全能够理解，为何他能唤风呼雨，为何慕尼黑成为纳粹党的发源地。数个世纪以来，慕尼黑、啤酒和宫廷啤酒馆一直难解难分。

希特勒出生在多瑙河的支流因河畔的奥地利小镇布劳瑙，对岸就是巴伐利亚。据说他出生的旅店仍完好地保存着，没有任何文字说明，房前的一块石碑提醒人们别忘记过去，“为了和平自由与民主 / 永不再有法西斯主义 / 数百万死者告诫（我们）”。同样，宫廷啤酒馆也没有纪念牌，但所有的顾客都了解历史。

酒足饭饱以后，我继续游览慕尼黑。走过一座街心公园，看见一顶硕大的帐篷。进去一瞧，居然立着大名鼎鼎的大耳朵杯，纯银制成，重约八公斤。原来，普拉蒂尼的欧足联正在欧洲各地巡回宣传欧冠联赛，慕尼黑必然是其中一站。这里足球的历史比汽车要早，市民和游客排队轮流上去与她合影，我也没有例外。

欧冠联赛创立于 1954 年，每年一届，是全球最激动人心的体育赛事之一。西班牙球队已 14 次捧杯，意大利和英格兰各 12 次。五次捧杯或连续赢得三届冠军的俱乐部均可永久保存一座复制的大耳朵杯。到 2010 年为止，只有皇家马德里（九次）、AC 米兰（七次）、利物浦（五次）、拜仁慕尼黑和阿贾克斯（四次）五队获此殊荣，且以后不再赠送。值得一提的是，拜仁是拜恩（Bayern）的另一种译法，后者是州名巴伐利亚（Bavaria）的别称。

大耳朵杯

90.Zara 零售店

慕尼黑，2010 年初秋

从欧足联的帐篷里出来，我看见街角有一家 Zara 时装店，那是我在许多国家和城市都见过的店面，这次想提一下。Zara 是西班牙最大的时装品牌，其母公司印地纺织 Inditex 与美国的 GAP 和瑞典的 H&M 并称世界三大服装企业。Zara 是集团最主要的品牌，创办于 1975 年，产品涵盖男女装、童装、鞋帽和围巾等。

Zara 的中文译名“飒拉”，似乎不够漂亮，可这也没奈何，她的一个策略便是零广告。据称 Zara 把部分利润用来开新店，以此作为营销广告。相比之下，意大利人的贝纳通刚好相反，她曾组建一级方程式车队，把车王舒马赫召之麾下达五年，直至夺得最初两届世界冠军。2011 年，她又创立了“无恨基金”（Unhate），致力于消除不同文化之间的仇恨。

Zara 公司的另一策略是款多量少，每年推出上万新款，并限量供应。顾客稍有犹豫，产品就不见了。同时，每家门店店长都可以直接向总部下订单，做到设计、生产、交付在 15 天内完成。如同《哈佛商业评论》所评价的：Zara 建立了一个不同于传统行业的供应链，助其完成了半月神话。

至于设计风格，本人是外行，不敢妄加评论。我也看到过 Zara 的负面新闻，有的是顾客的真实反映，有的是基于同行的竞争。照片里除了两个模特之外啥也看不见，一楼女装二楼童装，只写英文，因为是国际化街区。老城街景反映其中，房屋和宫殿、纵横交错的电线、行人和自行车过斑马线的姿态，其中一条是步行街。

ZARA 门店

91. 马克西米连

慕尼黑，2010 年初秋

在慕尼黑，有一个古老的名字游人无法回避，那就是马克西米连一世，他原名马克斯·约瑟夫。宫廷啤酒馆向北走不远，便是马克斯·约瑟夫广场，周边有皇宫和皇宫博物馆，还有国家剧院和皇宫剧院，正中央是马克斯·约瑟夫纪念碑。由于得到拿破仑的支持，这位巴伐利亚公爵在 1806 年宣布巴伐利亚成为王国，他当上了皇帝，称为马克西米连一世。

此前，他的家族已经传位六个多世纪。1808 年，马克西米连一世颁发了自由宪法，两年后筹设两院制议会，成为德意志第一个自由的国家，接下来的三代国王都热衷于文化，其中重孙路德维系二世只是间断性地关心国事，他是音乐家瓦格纳的崇拜者和保护人，最后因精神错乱投湖身亡。巴伐利亚王国直到 1918 年才被推翻，后来一度变成苏维埃共和国，最后屈服于普鲁士。

马克斯·约瑟夫纪念碑是一尊坐像，他举着右手向臣民招手。据说这座塑像生前便已完成，但国王不愿意自己永恒地保持坐的姿态，因此直到他去世十年后的 1835 年才得以示众。他的长子路德维希一世因迷恋爱尔兰的一位女探险家而在位 23 年后退位，与英王爱德华八世（温莎公爵）一样不爱江山爱美人。

在广场的一个角落里，我看见一个年轻人端坐在一块地毯上，一边唱歌一边拉着书琴，她的原理应与手风琴一样。他在背景有壁画的廊檐下，周围没有一个听众，但似乎一点也不妨碍他。或许，他是受到该广场的几位前主人的熏陶。

1
2

1. 马克斯 · 约瑟夫纪念碑　2. 广场艺人

92. 慕尼黑啤酒节

慕尼黑，2010 年初秋

马克西米连一世也是慕尼黑大学的施主，这所创办于 1472 年的大学和同城中创办于 1868 年的慕尼黑工业大学都在德国名列前茅。慕尼黑大学最初由路德维希公爵创建于因戈尔施塔特，1799 年被马克西米连一世迁往兰茨胡特，并将其命名为路德维希－马克西米利安－慕尼黑大学。1826 年，才由路德维希一世下令迁至慕尼黑。

世俗生活方面，这位国王留下最深的印迹应是慕尼黑啤酒节，这个如今全世界最负盛名的啤酒节创办于 1810 年，当初是为路德维希王储的婚礼而举办的庆典，不过当时只供应饮料。啤酒节每年秋天举行，持续 16 天，明天恰好是啤酒节 200 周年纪念日开幕的日子。看过国王广场，我便乘地铁去了啤酒节所在地 Theresienwiese，意为特蕾莎草坪，特蕾莎是新娘，weise 在方言里的意思是牧场。

同样有趣的是，啤酒节在德语里叫 Oktoberfest，也就是十月节。可是大部分时间却在 9 月，10 月的第一个星期天是闭幕的日子。特蕾莎草坪给我的初印象是，它像是全球马戏团的一次汇演，里头有八个能容纳万名酒客的啤酒帐篷（Bierzelten），巴伐利亚的八大啤酒公司每家一顶，只供应自己的啤酒。

还有数十个“小”帐篷，每顶帐篷无论大小，里面都摆满长桌长椅，还有一个舞台，有的乐队正在台上排练，台下有我这样的少量散客。我特意去看了酒杯房，吓了一跳。每只容量都在两升以上，直达天花板。据说身材苗条、身着传统服饰的女招待能同时 hold 住十只大酒杯，不过酒杯中上半部分应是啤酒泡沫。

每个啤酒公司一顶帐篷

REIHE 4
Baden
REIHE 5

93. 啤酒节牛仔

慕尼黑，2010 年初秋

据说慕尼黑啤酒节每年能吸引 600 多万顾客，今年有望更上一层楼。除了啤酒帐篷，其中有一部分属于马戏表演，还有游乐场，配备了全世界最刺激的机械装置。可惜我看不到了，明天一早就要出发去黑海之滨的摩尔多瓦和乌克兰。最遗憾的是，我错过了盛装游行，那是要穿过整个市中心的。

据说参加盛装游行的人来自全德各州，有的装扮成衣着考究的古代贵族、身披绫罗绸缎的王妃贵妇，驾着鲜花装扮的古典马车，或载歌载舞、穿着朴实的节日服饰的农民。我看过照片和实况转播，有阿尔卑斯山下的牧童，莱茵河畔的磨坊主，也有科隆教堂的修女，普鲁士的老翁。

观众也非常配合，大多盛装出席，以巴伐利亚的传统服饰为主。姑娘们穿着柔软的亚麻小白衬衣，绣花的背带长裙，小伙子穿着结实的黄色或棕色背带皮裤。瞧，眼前就有一位，他年纪不算大，却是每年都来参加的老牛仔。我遇见他时已喝了不少酒。在我邀请之下，他站在斜坡顶上，背对着啤酒帐篷，摆起了 pose。

这位牛仔喜欢喝本地产的柏龙（Paulaner）啤酒，据他说是从 200 多米深的水井里取的水，那水是一万年前阿尔卑斯冰川积存下的，没有受到现代文明的污染。那天下午天色阴沉，来看热闹的人不算多，我只能想象明日的盛况。听说警察的数量也相当可观，1980 年那次，有人放了一颗炸弹，导致 13 人丧命，200 余人受伤，酿成二战后德国最严重的恐怖袭击。

年年来的老牛仔

第四篇

柏林

Berlin

94. 威廉皇帝教堂

柏林，2002 年初夏

现在我需要追忆 2002 年夏初访柏林时的情景。那一天我从立陶宛的考纳斯出发，搭乘一辆欧洲快线巴士，在黑夜中穿越整个波兰，进入到奥德河畔的法兰克福。那儿离首都柏林仅 100 公里，道路突然变得无比宽敞且不限速，司机径直把我们送到了动物园火车站。

动物园火车站，这对我来说是一个新概念。虽然好记，但把动物园建在闹市区的火车站附近，实属意外。我已经不记得当时住的旅店名字了，反正是一家青年旅店，在东柏林，我还曾感叹两欧元一张的地铁票太贵。在动物园南侧欧洲中心的另一头，便是威廉皇帝纪念教堂，我一下火车便看见了这座高大奇特的建筑。

这是由德意志帝国皇帝威廉二世下令建造的，以纪念他的祖父、德意志帝国的第一任皇帝威廉一世。事实上，德意志帝国不到半个世纪的短暂历史只有这两位皇帝。1895 年教堂落成，是一座带有哥特式风格的新罗马式建筑，钟楼高 113 米，是当时柏林的最高建筑。

二战期间，威廉皇帝纪念教堂在盟军轰炸中严重损毁。1961 年，新教堂落成，依照柏林市民的意愿保留了 68 米高的旧钟楼残骸，以警示战争，周围有了四栋新建筑：六边形的钟楼高度与钟楼的残骸相当，还有八边形的教堂中殿、四边形的礼拜堂以及前厅。

威廉二世是第一次世界大战的元凶之一，1918 年德国战败后他逃亡荷兰，在乌德勒支附近的小村多伦隐居下来，直到 1941 年病故，享年 82 岁。当时正是希特勒入侵苏联前夕，据说希特勒想把他的遗骸运回柏林国葬，以壮军威，但威廉二世的遗嘱声言永不回德国。

威廉皇帝教堂

95. 勃兰登堡门

柏林，2002 年初夏

2002 年的柏林整座城市像是一个建筑工地，勃兰登堡门也被裹得严严实实，像是保龄球道上的一排木瓶。据说这项运动起源于德国教会，马丁·路德是一代宗师，正是他确定了 9 瓶制，随后又改成 10 瓶的三角形状。毕达哥拉斯曾研究过三角形数：0、1、3、6、10、15……当边长为 6 时，正是斯诺克目标球的排列（21 个）。

勃兰登堡门位于东西柏林交界处，准确地说是菩提树下大街与 6 月 17 日大街的交接处，在东柏林境内，建有仿雅典卫城的山门。这是一座新古典主义风格的建筑，由普鲁士国王腓特烈·威廉二世下令建造，于 1791 年落成，以纪念普鲁士在“七年战争”中取得的胜利。

勃兰登堡门东侧的巴黎广场（Pariser Platz）也是为了纪念 1814 年普鲁士军队对巴黎的短暂占领，联想起从巴黎到伦敦的火车停靠滑铁卢车站，法国人的两个邻国似乎有意让他们难堪。大门内侧有希腊诸神，顶上则有五米高的胜利女神铜像，她正驾着两轮四马战车向柏林狂奔。

15 世纪以来，柏林便是勃兰登堡选侯国首府。1701 年，腓特烈一世统一了勃兰登堡和普鲁士，加冕为普鲁士国王。其子腓特烈·威廉一世继位后下令建造城墙，西面竖起一座勃兰登堡门。1871 年，柏林成为德意志帝国首都，勃兰登堡门便成为柏林乃至德国的象征。

两年以后，我再次前往德国，参加柏林文学节，与各国作家一起，重游了勃兰登堡门，那时它已修葺一新。我当时写了一首诗《朗诵》：可我们住在彩虹桥的那一头／把洗净的衣服晾在银河树的枝桠上／或许我们对地球已无话可说／各自驾着勃兰登堡门顶上的马车离去。

在勃兰登堡门前留影

96. 残存的柏林墙

柏林，2004 年秋

1961 年，为了隔绝东德人民投奔西德，沿着边界在己方的领土上建立围墙，将整个西柏林包围起来。此即 Berlin Wall，大名鼎鼎的柏林墙，而东德方面则叫“反法西斯防卫墙”。全长 155 公里，高三米以上。一开始以铁丝网为材料，后来才换成更为坚固耐久的砖墙。其中一部分通过柏林的中轴线，经过勃兰登堡门左侧。

柏林墙是冷战的标志，据说有数以百计的东德人试图翻越这堵墙而被射杀，成为一座长长的墓地。1989 年，柏林墙终于倒塌。此前有两任美国总统在墙内发表演说，肯尼迪（1963）的题目是“我是柏林人”：“自由有许多困难，民主亦非完美，然而我们从未建造一堵墙，把我们的人民关在里面，不准他们离开我们。”里根（1987）的题目是“推倒这堵墙”，他呼吁当时苏共领导人戈尔巴乔夫拆掉这堵墙。

在勃兰登堡门南面的波茨坦广场附近的尼德克西纳街，还残存着几百米长的柏林墙，算是对历史的纪念。2004 年秋天，我重访了柏林墙，拍下这幅照片，一个穿红衣的年轻人骑车经过这里，他背上扛着的不是枪支而是乐器（估计是中提琴之类的）。墙壁露出了一部分，看起来不厚，顶端是一个圆弧形的黑柱子。

同样著名的是附近的查理哨所，这是被推倒后重建的，据说当年美苏关系紧张时，这里都开来了坦克。最后我想说的是，与我在耶路撒冷和以色列西部的盘山公路上见到过的“以巴隔离墙”相比，柏林墙不仅历史更短，长度也短，后者的长度达 360 公里。以巴隔离墙是由被偷渡的以色列方面修筑的，他们将其称为“安全栅栏”。

1
2

1. 残存的柏林墙　2. 查理哨所

97. 波茨坦广场

柏林，2004 年秋

波茨坦广场是柏林的新中心，与时髦有关的事儿大多发生在这里，包括柏林国际电影节。那年以“暴力美学”著称的韩国人金基德以一部《撒玛利亚女孩》获得最佳导演银熊奖，同年他的《空房间》又荣获威尼斯最佳导演银狮奖。

在二战以前，有一个多世纪的时间里，波茨坦广场是欧洲最繁忙的商业中心和交通枢纽，这里安装了世界上第一个红绿灯。还曾有过波茨坦门，后来被拆除了。战争的毁灭以及冷战时期修筑的柏林墙和隔离带，使得这个古老的广场成为一片废墟。

两德统一以后，这里又变成一个大工地，如今它是最吸引柏林人和游客的地方。不仅有宫殿、遗址，还有索尼中心、戴姆勒城和 DB 总部等新建筑，每一个时代都在此留下印迹，可以说集喷泉、林荫道、宾馆、赌场、饭店、购物中心、音乐厅、剧院和电影院等于一身。

从广场乘火车向西南方向走上 20 多公里，就是勃兰登堡州的州府波茨坦。那是一座小巧的历史名城，我初访柏林时便去游览过了，并在那里用过一顿午餐。那是一个水乡，处处青山、河流、湖泊和运河，18 世纪的普鲁士国王腓特烈流连忘返，在那里建造了无忧宫。

当然，最有名的还是波茨坦会议和宣言。1945 年夏天，德国投降以后，杜鲁门（同年早些时候的雅尔塔会议则由罗斯福参加）、丘吉尔（最后五天是新任首相艾德礼接替）和斯大林在此聚会了半个月。会议期间，美国总统杜鲁门接到一份秘密电报，“婴儿诞生了”。8 月 2 日会议结束，6 日广岛就落下了第一颗原子弹。

波茨坦广场

98. 带着树旅行

柏林，2002 年初夏

在从动物园火车站驶往波茨坦的火车上，我认识了一位 19 岁的日本女孩西山，她用略显结巴的英语向我讲述了她的故事。西山的老家在日本古都奈良，她是东京早稻田大学经济系学生。读完一年级以后，她选择了休学。只身来到欧洲，在不同的城市一边打工一边游览，上一站是慕尼黑，她在一家日本餐馆里做了两个月的勤杂工。

几天前，西山刚来到柏林，她告诉我，她不会唱《君子代》，她的老师不教唱这首歌，也从不在校园里升太阳旗。她的老师告诉她，这首歌的旋律很优美，但我们不唱。虽然那时我已去过日本两回，但似乎是初次与日本青年近距离接触，于是才有此类好奇。

我还问起西山对德国的感情，她意识到二战期间德日是盟友，但这对她的旅行路线选择没有影响。另一方面，东条英机确实担任过日本驻德国大使馆武官，在任期间遇到裕仁皇太子（即后来发动侵华战争的天皇）游欧，他的同伴曾当面宣誓效忠，但与希特勒未有接触，后来德日的合作主要是为了对付苏联和美国。

除了西山的名字比较有趣以外，让我特别好奇的是，她竟然随身带着一棵小树旅行。这让我想起路上见到的装置艺术：为了穷苦的孩子（Für arme Kinder）。在一片小树林里，插满了小蓝旗。这激发我写下了一首诗：她带着一棵树旅行 / 十九片叶子的幼树 / 只有她的膝盖那么高，在哈维尔河畔的波茨坦 / 树的两片叶子掉落了 / 恰似肺的两个组成部分，她带着这棵树旅行 / 绿叶吸收了二氧化碳 / 也吸收了众多的目光。

装置艺术：为了穷苦的孩子

99. 和解教堂

柏林，2002 年初夏

在柏林墙穿过的地方，即东西柏林的交界处，原属于东柏林的一侧，曾经有过一座 19 世纪建造的新哥特式教堂，Kapelle der Versöhnung，意为和解教堂。尚处于冷战时期的 1985 年，该教堂被东柏林政府以“提高边界地区的安全性和清洁”为由给炸毁了。四年以后，柏林墙倒塌，德国获得统一，和解教堂的重建被提上议事日程，后来是两个年轻的建筑师中标，于 2000 年建成。

出了地铁站，穿过东柏林清冷的街巷，来到一片开阔地。低矮的小教堂位于这片起伏的草地较低的南部，一边有小树林隔开了居民住宅。我首先看到的是北边矗立的景点标志，其上附有关于柏林墙的介绍。恍然明白，这是在死亡之地重建爱与和平。果然到了 2009 年，这座教堂获得了“柏林年度建筑奖”。

教堂外观非常简约和优雅，棱柱呈不规则鸭蛋形。教堂外面是由木头柱子组成，每根柱子之间留有相等的距离。内墙是用夯土组成，即可以借机混入老教堂的断瓦残垣，同时也确保冬天的温暖，里面似乎没装取暖设备。据称，和解教堂是过去一个半世纪以来唯一用夯土建造的公共建筑。在教堂门外，几十米处车水马龙的贝尔瑙尔街边，竖立着一排红色钢管，似乎在提醒人们柏林墙和过去的存在。

关于 2004 年初夏柏林之行的记忆就这么多了。从那以后，我乘坐地区慢车开始了穿越德国之旅，首次经过大学城哥廷根，并在法兰克福火车站观看了韩日世界杯中国最后一场小组赛，即与巴西队交锋的结局。那也是我第一次抵达欧洲最大的航空港，未出车站，便接着南下去德国最古老的大学城——海德堡。

和解教堂

100. 柏林文学节

柏林，2004 年秋

2004 年秋天，我受邀参加柏林文学节。我从上海起飞，乘坐北欧航空公司（SAS）的班机直飞哥本哈根，然后换乘一架螺旋桨小飞机，前往柏林西北郊的 Tegel 机场（现已关闭，代之以东南郊的勃兰登堡机场），接站的司机把我送到东柏林的一座公寓。柏林文学节的接待与别处不同，作家们分散居住在市区的居民区。

这是那年我第三次飞欧洲，且全是文学活动。前两次分别参加马其顿诗歌节和斯洛文尼亚的一个文学节，中间一个多星期是间歇，我跑到外高加索，在伊斯坦布尔的两次转机和停留之后，游历了巴库、第比利斯、哥里和埃里温，那才是我渴望去的地方，其余属于重访。还有丹麦，那也是我选择 SAS 的原因，归途我造访了美人鱼的故乡。

我到柏林时上海作家马原已早到一天，而北京诗人西川比我还晚来一天。巧合的是，我们三人离开的时间也是相差一天，似乎约好了在柏林停留一样多的日子。事实上,是马原把文学节主席乌尔里希（与哥廷根办公室小黑板上留念的家伙同名）介绍给了我。乌尔里希到杭州时，我陪他洗了一次脚，结果他临走前，又让作协方面陪了一次。

果然，柏林文学节的生活有些单调，公寓不如旅店，后者至少还能在大堂里遇见别的作家。我和马原、西川住的地方相隔都比较远，又没有长途漫游的手机可以联络。幸好组委会在文学节举办地附近包了一家叫 Franzotti 的咖啡馆，24 小时免费供应咖啡、啤酒和食物，才有机会在活动之余与人见面、聊天。瞧，这是我们三人难得相遇，一位在北京语言学院留学多年的德国女孩为我们拍了合影。

She counts the steps
(and then the syllables,
the stories, the coins)
with her eyes fixed on the shoes
but she gets lost all the same
in the recount.
internationales literaturfestival berlin
21. September bis 2. Oktober 2004
www.literaturfestival.com

我、马原（中）、西川（右）

101. 弗兰佐蒂

柏林，2004 年秋

Franzotti 是个意大利名字，这家咖啡店供应的菜肴自然是意大利风味的。在欧洲所有国家中，只有意大利和法国创造了举世闻名的佳肴。这两者之中，我似乎更偏爱意大利菜，包括色拉的调料。文学节这十天，大部分正餐我都在这家咖啡馆里享用，也更多地了解了意大利菜。

意式菜肴的丰富和特色，首先得益于国际间的交往，如同古希腊的数学和哲学一样。古代阿拉伯人的入侵，带来了菠菜和杏仁；地中海的贸易，带来了胡椒。近代地理大发现带来了番茄和马铃薯，尤其是番茄，那是意大利菜不可或缺的。由于意大利向新大陆移民，加上两次世界大战和战后美军进驻意大利，意大利菜开始走向世界。

意大利国土面积虽然不大，南北饮食却有显著差别。北方人爱吃肉食和干酪，喜欢用牛油、鲜奶油等动物性脂肪；南方人则爱食海鲜和蔬果，喜欢用橄榄油。意式佳肴，如比萨饼、空心面、杂菜汤，大多是南方的特产。卡布奇诺、拿铁咖啡都是意大利原产的，摩卡是加巧克力的咖啡，墨西哥人的喝法，得名于红海之滨也门的一个港口。

说到意大利面，这是西餐中最接近中国人饮食习惯的。它由小麦品种中最硬质的杜兰（durum）粉制成，不会煮糊煮烂。欧洲人管面食叫 pasta，品种按形状有上百种，最常见的是细长的 spaghetti。更要紧的是调料，主要分红白两种，红的是番茄酱（其制作工艺颇有技巧且费时），白的是切碎的奶酪，这两样都是我的所爱，红的拌 spaghetti，白酱拌粗 pasta。当然，吃不同的面要喝不同的葡萄酒。

餐后水果

102. 犹太人纪念馆

柏林，2004 年秋

官办文学节的另一个好处是，作家们去柏林任何公立博物馆都可以免费入场，且交通费也可以报销，但组委会不会特意安排。我首先想到的是犹太人纪念馆，Jewish Museum Berlin, 此乃欧洲最大的犹太（人）历史博物馆，该馆位于第 5 大道和 92 街交界处，现已成为柏林的代表性建筑。

据说在 2001 年正式开放以前，这座造型别致的建筑物便已吸引了数十万慕名者。这座建筑本身就是一个无声的纪念碑，也可谓解构主义建筑的代表作，无论从空中、地面，近处还是远处，都给人以强烈的视觉冲击。特别值得一提的是建筑内部扭曲的空间，无秩序的天窗，外墙上不规则的裂缝，供选择的道路岔口，等等。

这家博物馆不是照片展览的代言词，而是更多通过建筑的设计给人一种身历其境的震撼和感受。纪念馆记录、展示了犹太人在德国两千年左右的生活历程，他们对德国艺术、政治、科学和商业所作的卓越贡献，以及在 20 世纪经历的那段悲惨历史，特别是对于大屠杀（Holocaust）的追念。

展品以历史文物与生活记录为主，将近半数是原件。我个人印象深刻的有，黄色的犹太人身份标示的堆集，黄河一样的波浪形水流，大屠杀塔和流亡者花园。纪念馆设计者为战后波兰出生的犹太人丹尼尔·里柏斯金，拥有以色列和美国双重国籍。他曾是音乐天才，获得过重要的国际音乐奖。后来又转向建筑设计，这座耗时七年的犹太人纪念馆，是他人生的转折点。

流水

103. 博物馆岛

柏林，2004 年秋

博物馆岛位于菩提树下大街东段北侧，由老博物馆、老国家美术馆、新博物馆、佩加蒙博物馆、博德博物馆等五大部分组成。因位于施普雷河两条河道的汇合处，故有博物馆岛之称。2000 年被联合国教科文组织评为世界文化遗产。

五座博物馆形态各异，却又和谐统一，傍依着柏林的母亲河——施普雷河。岛的最南端，紧邻宫殿大桥和柏林大教堂的便是老博物馆，前面的草坪叫卢斯特花园。该馆建成于 1830 年，正门是 18 根爱奥尼亚圆柱，上面一行长长的拉丁铭文意思是“弗里德里希·威廉三世创办此博物馆以用于对各种文物和艺术的研究”。

据说国王采纳了威廉·冯·洪堡的教育理念，随着 19 世纪初德国资产阶级公民意识的上升，他建议将封建领主的艺术收藏在公共博物馆中展出，以便大众获得平等艺术教育的机会。不过，时任王太子的威廉四世才是博物馆岛的促成者，他是一名古典主义的拥护者，希望岛上的建筑群形成古典时代雅典卫城般的氛围。

威廉王子曾把自己的一张铅笔草图送给皇家设计师申克尔，设计中的主体建筑隐退在深远的柱廊之后。说到申克尔，他早年游历意大利和法国，原先钟爱油画，后来看到比他年轻的画家大卫·弗里德里希的作品后才决心改行，后者是德国浪漫主义的代表。老博物馆的地位相当于伦敦的大英博物馆或巴黎的卢浮宫，可惜藏品却无法相比。最著名的一件作品是雕塑《祈祷的男孩》，他的形体酷似成年女子，举着双手伸向天空。

ANTIQVITATIS OMNIGENAE ET ARTIVM LIBERALIVM MVSEVM CONSTITVIT MDCCCXXVIII

老博物馆

104. 洪堡大学

柏林，2002 年初夏

与博物馆岛隔河相望的便是著名的柏林（洪堡）大学，2002 年那次我曾游览过。这是柏林第一所大学，创建于 1810 年，校外立着弟弟亚历山大·洪堡塑像，塑像底下用西班牙语写着“古巴的第二个发现者”字样，大门和主楼前面立着哥哥威廉·洪堡的全身像和坐像。

威廉出生在波茨坦，在耶拿大学完成学业后（与席勒结下终生的友谊），借助文学声望进入外交界。1809 年任普鲁士教育大臣，着手创建腓特烈·威廉大学（1949 年更名柏林洪堡大学）。退职后又回到语言学，在巴斯克语和爪哇方言的研究中颇有建树。

相比哥哥，弟弟亚历山大在科学探险方面取得了极大的成就。他曾在哥廷根学习一年，意识到自己生活的真正目标。后长期在美洲探险，到过远东甚至中国的边境。他活到 90 高龄，秘鲁沿海、美国西部和格陵兰岛分别有以他名字命名的洪堡洋流、洪堡河和洪堡冰川。

威廉·洪堡认为大学有两个任务，一是对科学的探求，二是个性与道德的修养。大学的准则是寂寞和自由，寂寞意味着不为政治、经济、社会利益所驱动。在他看来，自由与寂寞是相互关联、依存的。黑格尔声言，没有洪堡大学就没有光辉灿烂的德意志文明。当今世界各国通用的讨论班（seminar）模式就是洪堡人发明的。

洪堡校友有哲学家费希特、黑格尔、叔本华、谢林、马克思，诗人海涅和批评家本雅明，物理学家爱因斯坦、普朗克和数学家雅可比、魏尔斯特拉斯，等等。比起哥廷根来，柏林大学为中国培养了更多杰出校友。1948 年，该校的部分教授在西柏林组建了柏林自由大学，如今也是一座在德国名列前茅的精英大学。

1 2

1. 威廉·洪堡　2. 亚历山大·洪堡

105. 同性恋博物馆

柏林，2004 年秋

在从博物馆岛回公寓的路上，我无意中看到米歇尔·福柯的大幅画像，这位法国社会历史学家的光头形象早已深入人心。原来，这是私立的同性恋博物馆的招贴画。这家博物馆创立于 1985 年，是世界上独一无二的对同性恋进行系统研究且公开全方位展出同性恋生活的地方。

除了以“自我意识和坚持，两百年同性恋历史”为题的永久历史展览以外，这家博物馆还交替展览同性恋的历史、文化和日常生活，并对不同时代及社会背景作出深入的研究，包括封建帝国、魏玛共和国、纳粹时期、冷战时期以及艾滋病等主题。此外，还有个体生活策略（如对恋物、皮革和性虐待等嗜好）、人物传记等主题展览，这些都被认作是对现实生活的反映。

福柯是笛卡尔的老乡，他在巴黎高师读书期间，因患忧郁症一度想自杀。福柯的成名作《癫狂和文明》赋予权力以新的概念：进行无休止的看、说和做。未完成的《性史》则把现代管理描述成和人们福利有关的“生物权力机构”。福柯在美国长期居留期间染上了艾滋病，1984 年死于巴黎，起初他的家人和朋友否认他的死因。

刚好是福柯去世 20 周年，博物馆展出了他的生平，在此前后还曾展出诗人奥斯卡·王尔德、作家托马斯·曼、演员马琳·黛德丽和导演莱纳·萨斯宾得。萨斯宾得是个双性恋，他以拍摄女性题材的三部曲而闻名，1982 年，他死于安眠药和可卡因的混服，死前刚过 37 岁生日。“没有爱情，只有爱的可能”，这是他留下的名句。

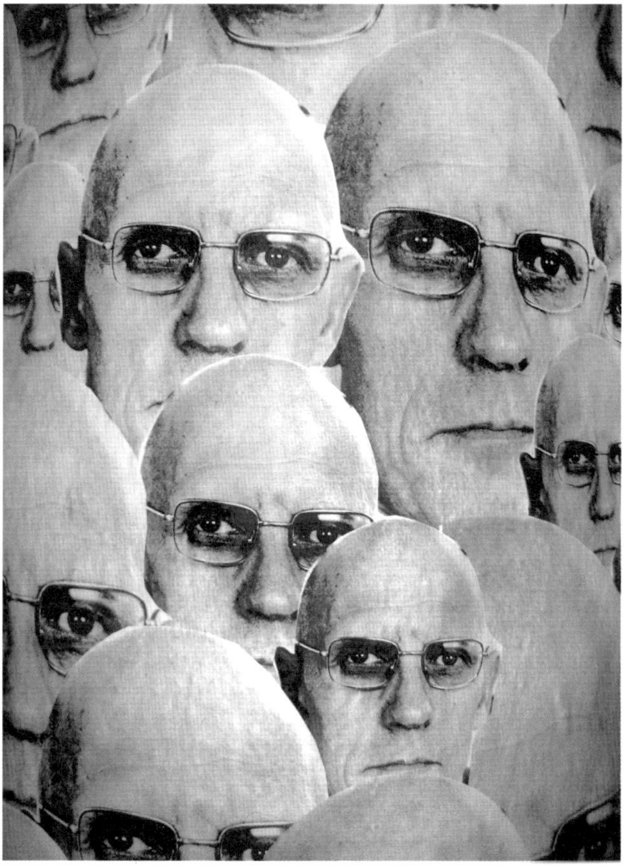

米歇尔·福柯展的海报

106. 同志酒吧

柏林，2004 年秋

2011 年初，在当年福柯流连忘返的城市旧金山，也开办了一家同性恋博物馆。这是由 GLBT(变性别者) 历史协会操办的，博物馆展出了男同性恋、女同性恋、双性恋及变性别者（GLBT）的发展和解放史。如此，柏林的同性恋博物馆也就有了同道。

参观完楼上的博物馆后，我发现楼下就有两家同志酒吧。走进其中一家演艺吧，面积不大，且因德国人块头大，更显空间狭小。三位男同志歌手轮流上台，浓妆艳抹、服饰华丽，举手投足有点像是中国的地方戏演员。顾客不用付小费，只需付酒钱。我坐了一个小时，他们也唱了五六曲，歌词一句也没听懂。

众所周知，旧金山是美国的文化之邦，也是男同性恋的聚集地。而柏林作为德国的首都和"欧洲文化之都"，也是远近闻名的同性恋之都。可惜我来的不是时候，没有见到一年一度的同性恋游行，那可是一道亮丽的风景线。柏林现任市长就是一位同志，过两天他要宴请我们。

我想起 20 世纪 20 年代，英国诗人奥登偕同他的伴侣、小说家衣修伍德来到柏林并居住下来，享受同性恋夜生活。虽说那时柏林的人口已有 400 万，超过罗马成为仅次于伦敦和巴黎的欧洲第三大城市，但柏林的物价只有巴黎或伦敦的四分之一。

厌倦了莫斯科、彼得堡的生活以后，也有大批俄国知识精英聚集柏林，有些并非流亡者。在那个年代，先后居留柏林的诗人和作家有高尔基、别雷、马雅可夫斯基、茨维塔耶娃、帕斯捷尔纳克、托尔斯泰以及纳博科夫，他们无需像艾略特那样规矩地在伦敦做一个小职员。

同志酒吧里的表演

107. 汉堡车站

柏林，2004 年秋

柏林有家废弃了的火车站，叫汉堡车站，后被改建成美术馆。在每一个站台上建起一个展厅，成为全世界独一无二的美术馆。我从报上看到新闻，当代艺术最大的收藏家之一 Friedrich Christian Flick 倾其所有藏品，在汉堡车站举行展览，将硕大的博物馆占得满满的。

这次展览与柏林文学节同一天揭幕，历时四个多月，无论在时间还是影响力方面都要略胜一筹。有一天下午，我独自一人前去参观，一饱眼福。藏品中有一部分古典油画，主要是德国的，有前文提到的 18 世纪画家大卫·弗里德里希的作品，他画的天空、大海、云彩，人物在其中非常渺小，但也柔和亲切。

当代艺术中，我主要对装置部分印象深刻。有一件作品主体是一个性别难辨的人，头部被一只硕大的红苹果包含，右腿包裹在白色的绷带里面，那绷带是正常的左腿的七八倍粗，尤其右脚，好似一根水管的转弯处，膝盖和大拇指都是球形的。正好一对男女观众站在旁边，相距大概有两米，既不像是在说话，也不像是在观看，他们的存在为这件作品添加了寓意。

还有一幅 17 世纪的油画，画的是德国妇女制作面食的场景。左侧有红辣椒和葡萄酒，右边的老妪高举小勺，正从大勺里挤出面条，往左边穿花布衫的年轻女子手里拿着的盆里倾倒。从形状看像是面饼，下面已有一盆，不然便是叠加的蒸笼。最有意思的是两人的表情，那多肉的脸和凝神的眼睛，倾注了画家的情感。

1
2

1. 红苹果　2. 捞面

108. 厨房的死者

柏林，2004 年秋

在所有平面藏品里，令我印象最深的是一幅摄影作品。照片里有一个模特，他扮演的是一个中年的死者，穿着条纹衬衫，头发散乱，在厨房里的地砖上躺着，眼睛尚未闭拢，可以说是瞪得很圆。或许，他只是不愿起来，手里握着一个尖头的器皿。

厨房里物件一样不少，左侧是灶具，兼有烤炉和微波炉。中间是咖啡壶、水槽和碗具，这些都很平常。比较特殊的是餐桌，面积大得不合理，几乎把整个空地占满了，但却只有两张椅子，一张露出坐垫，另一张只露出椅背。生活的空间十分狭小。他躺在地上，是否感觉比坐着惬意些？

我无法确定摄影师的动机或出发点，难道是他的一个白日梦的重现？或是他童年玩过的一种游戏？也可能什么都不是，而只是达到了他认为的抽象或神秘。我想起用德语写作的精神病理学家荣格的“集体无意识”理论，他认为“无意识”不仅是人们有着不愉快经历的大脑的一部分，而且是人们存在的基础；不仅是人们产生精神紊乱的原因，也是人们产生热切希冀和抱负的源泉。

这方面荣格与他的老师弗洛伊德存在着分歧，这可能是由于他们的临床经验不同所致。弗洛伊德从没在精神病院工作过，而荣格一生都对精神分裂症感兴趣，不仅在精神病院工作且开过私人诊所。弗洛伊德把精神疾病说成是儿童时期所经历的变化使然，而荣格则认为产生这类幻觉的深层次思想是不能这样解释的，他还率先提出了要对觉得生活失去意义的中老年患者进行心理治疗。

这幅摄影作品令我印象深刻

109. 戈尔·维达尔

柏林，2004 年秋

参观汉堡车站那天，我在一个站台上遇见文学节主席乌尔里希的助手雅娜，她指着与我擦肩而过的轮椅上的背影说，那是戈尔·维达尔。我没在意，但觉得这个名字有些耳熟。后来，我在另一个站台与他们再次相遇，这回看见的是一个头发花白的老人戴着墨镜，虽身着便装，却气度不凡。

没想到三天以后，在柏林市政厅举行的欢迎午宴上，我又一次见到了维达尔。那天阴雨绵绵的，来了不少女士和外交官。那位大名鼎鼎的同性恋市长向作家们致辞，随后是自由交谈，乌尔里希把我向维达尔做了介绍，此时我已经从其他作家那里了解到他的性取向。他比“垮掉的一代”出道更早，其成名作《城市与盐柱》（1948）讲述了两个青年男子相恋的故事，震动了美国知识界。我相信，市长先生的热情好客与他有关。

随后我了解到，维达尔是个多面手，他是小说家、剧作家、随笔作家、批评家、电影导演和演员。出身于美国西点的军人之家，外祖父做过参议员，他本人是前副总统戈尔的表哥，又是前总统肯尼迪夫人杰奎琳的义兄，他用母亲的姓氏作自己的笔名。

除文学创作以外，维达尔还经常用文字挖苦美国社会，并以电视访谈里机智嘲讽的语言著称，深受美国和欧洲公众的喜爱。维达尔曾客居欧洲数十年，在费里尼的电影里扮演过自己，与卡尔维诺结下友谊并助其成名。直到一年前，他与他相恋半个多世纪的男友还住在那波利海岸一处濒临悬崖的别墅里。

与戈尔·维达尔在市长宴会上

110. 红领巾作家

柏林，2004 年秋

那晚柏林市长的鸡尾酒会上，维达尔曾与我聊起孔子，他认为孔子是中国的耶稣，虽然孔子极少谈到神，却在道德方面和耶稣有着相似的影响力。但维达尔的作品至今仍未被译成中文，可能与他身上贴着同性恋作家的标签有关，那也是他拒不承认的。

那幅合影照是由加拿大作家兼爵士乐歌手玛莎·布鲁克斯拍的，她是这届文学节邀来的最受德国媒体追捧的客人。我们在弗兰佐蒂咖啡馆认识，她跟我说她想认识维达尔，是因为他的名声实在太大了。回国以后，玛莎从多伦多给我寄来她的一张唱片专辑，风格介乎于古代与现代之间，似乎是缺少了点黑色素。

那天到场的还有美国诗人温伯格，他能说几句简单的中文，与移居海外的朦胧诗人比较熟悉（北岛散文集《失败之书》里的《纽约骑士》讲的就是他），加上我俩都译过拉美诗人的作品，因而有许多共同话题。记得我问过艾略特和另一位美国作家一个相同的问题，约翰·厄普代克和戈尔·维达尔哪个更重要？没想到他们的回答迅速而一致，当然是戈尔·维达尔重要。

最有趣的是英国作家威廉，他在上衣口袋里插了条红色的餐巾纸，告诉我这是红领巾，并因此与我相识。原来，威廉曾是大不列颠共产党党员，该党创立于 1920 年，共维持了 71 年。鼎盛时期有五万多党员，二人被选入下议院。“文革”时他随英共代表团访华，受到周恩来和江青等人的接见。回伦敦以后，威廉给我寄来当年与中共领袖的合影照。

英国作家威廉

111. 画家之家

柏林，2004 年秋

在弗兰佐蒂咖啡馆，也有一些未被邀请的作家，他们一般是柏林本地的诗人、作家或普通读者，有一天我遇见一位叫哈罗德的画家。他大约 40 来岁，长发飘飘，和我聊了很久，关于中国、德国浪漫派和青骑士，最后他邀请我第二天到他家吃晚饭，我欣然接受，因为很想看看本地人的生活。

次日下午，我如约找到哈罗德在威廉·皮克街的寓所，那是在博物馆岛的北面。哈罗德的妻子和三个孩子都在家，最大的也不过十来岁，我带去了一瓶白葡萄酒。进了家门，只见每面墙壁上都挂满了他的油画，大多是风景画，哈罗德把我引入客厅，那里有一幅最大同时也最引人瞩目的全裸自画像，画得十分逼真。这让我吃了一惊，他却大方地在画前为我摆 pose。

聊完艺术，我们又聊起政治，威廉·皮克是民主德国第一任总统，继任的就叫国务委员会主席，与古巴一样。皮克出生在德国—波兰边境、如今隶属波兰的一个小村，父亲是马车夫，他自小做木匠，后来加入共产党。曾流亡至荷兰、法国和俄罗斯等地，1949 年担任第一任民主德国总统，直至 1960 年去世。

我问他柏林是否有昂纳克街，哈罗德摇了摇头。这位东德最后一任领导人出身于矿工之家，正是他下令修筑了柏林墙。两德统一以后，他逃至苏联，很快被引渡回国，被控叛国罪及下令杀害那些试图逃离东德的人民。不过，由于他患有肝癌，后来被释放了。1994 年，81 岁的昂纳克在流亡地圣地亚哥逝世（他的女婿是智利人）。

哈罗德一家

112. 诗歌之夜

柏林，2004 年秋

说了那么多柏林的人和事，现在该说说朗诵会了。文学节长达十天，每位作家大约参加三次朗诵，因此较为轻松。小说本来不适合朗诵，在欧洲勉强有一部分听众。东北汉子马原写的是西藏的生活，他不会外语，因此迫不及待地想出游。有一回在地铁车厢里，我俩认识了一位中国女留学生，翌日她陪马原去了慕尼黑的天鹅城堡，旅费什么的他买单，他欢天喜地去了两天。

西川毕业于北大英语系，与老外交往游刃有余，有几天他还有个跟班，那便是汉学家、波恩大学教授顾彬，他刚翻译出版了西川的诗集，因此被邀请。顾彬也是马原的临时译者，不过当时他在中国尚未“一骂成名”。加上马原的前妻皮皮（作为香港作家而被邀请），共有五位说汉语的，记得有一晚，我们曾联袂出场，好不热闹。

印象最深的是每天一场的“诗歌之夜”，诗人们轮流上阵。我已不记得自己是第几天朗诵的，只记得舞台上有一架钢琴，德文朗诵者是一位男演员，而主持人是一位女学者。在钢琴师激情洋溢地演奏一番以后，有人用铁锤敲响了铜锣，然后是主持人委婉的介绍。

说实话，我在国外参加的诗歌节或文学节将近 30 次，各种各样热闹的场面都曾见到过，开幕式的表演花样繁多，听众最多时达到几千甚至上万——那是在哥伦比亚的麦德林。可是，柏林文学节“诗歌之夜”的开场仪式却以其新颖、简练，带给我写作《朗诵》的灵感，并借此永远留在我的记忆里。

internationales literaturfestival berlin
POETRY
NIGHTS
22., 23., 24. September
mittwoch, 22. september
19.15 uhr homero aridjis (mexiko)
adrian mitchell (gb)
asher reich (israel)
21.00 uhr bernhard noël (frankreich)
22.00 uhr marja gaponenko (ukraine)
jelena schwarz (russland)
donnerstag, 23. september
18.15 uhr oskar pastior
19.15 uhr constantin virgil banescu
(rumänien)
20.30 uhr taha muhammad ali (israel)
peter cole (usa/israel)
aharon shabtai (israel)
22.15 uhr semezdin mehmedinovic
(bosnien/usa)
ottő tolnai (ungarn)
freitag, 24. september
18.15 uhr durs grünbein
19.30 uhr fuad rifka (syrien/libanon)
20.30 uhr tanella boni (elfenbeinküste)
antjie krog (südafrika)
21.45 uhr tianxin cai (china)
xi chuan (china)
Hebbel am Ufer 2
Hallesches Ufer 32
10963 Berlin
Info-Hotline:
0700 / 77 57 77 77 12 ct/min.
www.literaturfestival.com

诗歌朗诵会海报

113. 最后的晚餐

柏林，2004 年秋

柏林的十天里，有三四个晚上，组委会邀请作家们到特色饭店共进晚餐，大多是在原东柏林一带，因为那里物价相对便宜。与南方的意大利、法国相比，德国人的烹饪技艺可是逊色多了。他们口味较重，材料较偏好猪肉、牛肉、肝脏、香料、鱼类、家禽，调味品爱用芥末、白酒、牛油。德国的肉香肠都是大口径的，吃不了几根就饱了。

可是，我们的晚宴毕竟是文学节组委会安排的，餐桌的摆设注意情调，有时还有民歌演唱。桌布是丝绸的，散落着黄色、粉色、红色的玫瑰花瓣，杯垫上写着“柏林的孩子”，应该是这家饭店的店名，还有“古典的蘑菇”字样，却不记得是啥用意了。盘子里有胡萝卜、花菜、蘑菇、橄榄、葡萄和蛋糕。

有一次（好像是我在柏林的最后一晚），我与比利时小说家兼电影导演让－菲利普·图森同桌，他用母语法语写作，英文说得马马虎虎。我看到过他的小说的中译本，白色的封面，是私人出版的，《逃跑》、《浴室·先生·照相机》、《迟疑·电视·自画像》是书的名字。他自称是新新小说，还把自己的小说拍成电影。

据我所知，图森曾带着自己的电影到过中国的许多地方，包括杭州和绍兴。除了喝酒，他还喜欢即兴跳舞，与女招待或女读者合影。晚宴是开放的，没有被邀请的作家和读者也可以与我们共进晚餐，当然，那需要自己买单。我想起图森小说的一个共同点：让生活多一点刺激和风险，这也正是他本人身体力行的。

1
2

1. 有情调的餐桌和乏味的菜肴　2. 即兴舞蹈

第五篇

海德堡—斯图加特—法兰克福—科隆

Heidelberg Stuttgart Frankfurt Köln

114. 法兰克福机场

法兰克福，2004 年秋

现在我要说到德国的西南部，那也是访学哥廷根的最后一站。游完基希纳乌和乌克兰诸名城后，我从基辅飞回德国。之所以在原苏联的地盘流连，部分原因是为了等待法兰克福书展的开幕，正好哈尔科夫大学一位数学同行邀请了我，我对黑海之滨的敖德萨和雅尔塔印象深刻，在敖德萨开始了抽象摄影，却未料到不久克里米亚便有了变故。

一年一度的法兰克福书展即将开幕，它被誉为出版界的奥运会，我因为三联书店的安排，也赶来凑个热闹。抵达法兰克福机场时，我发现行李转盘的电视屏幕上在播放书展海报。今年的主宾国是阿根廷，博尔赫斯、科萨塔尔、萨瓦托（物理学博士，曾在居里实验室和麻省理工学院访学）以及在世的胡安·赫尔曼等作家肖像轮流出现。

在 21 世纪的头三年里，我曾三次途经法兰克福，两次空中，一次陆路。一次是从南美洲归来，另一次是本书开篇提到的那个韩日世界杯比赛日。这回我终于记得拍摄了候机厅里的歌德咖啡馆，发现这里其实也可以吃饭。歌德出生在法兰克福，当时既没有机场，也没有证券交易所，法兰克福还是座小城市，歌德的外祖父是市长。

法兰克福机场有 200 多个登机门，年客运量在 5000 万人次以上，在欧洲仅次于巴黎戴高乐机场，而与伦敦希斯罗机场不相上下。假如汉莎航空不分流到慕尼黑的话，那可能要位居第一。印象最深的是无人驾驶的有轨电车，悠然穿梭于两大航站楼之间，尤其对那些在候机厅过夜的乘客，是一种默然的关心和陪伴。我特别喜欢时刻牌翻动的声音，还有就是宁静，航班的预报无需播音员而靠乘客的眼睛。

法兰克福机场的歌德咖啡馆

115. 古老的桥门

哥廷根，2002 年夏

如果把机场看成国际领地，那我首次正式踏上德国领土是在 2002 年春天。那会儿我正在法国西部的南锡大学访问，在一个周末游览了卢森堡。之后，为了不走回头路，我乘火车向东进入莱茵兰－普法尔茨州的特里尔。它曾是东罗马的首都，也是卡尔·马克思的出生地，归途我还经停了德国面积最小的萨尔兰州州府萨尔布吕肯。

再回来说说几个月以后，那个令人难忘的韩日世界杯比赛日。抵达法兰克福车站，了解到中巴比赛的结局以后，我继续南下，进入到了巴登－符腾堡州。终于在黄昏来临之前，我来到莱茵河的支流内卡河畔的海德堡，从未谋面的上海女诗人赵霞及其德国丈夫在车站里迎接。寒暄过后，他们旋即带我去城北内卡河畔的老桥。

与中国古代皇帝喜好的一样，这是一座有九个桥拱的石桥，建成于 1788 年。南岸的桥头有一座桥门或桥头堡巍然屹立，它由两座圆塔组成，双塔之间的门洞原本是海德堡的入城口，据说圆塔曾被用作牢房。桥上有两座雕像，一南一北，分别是智慧女神雅典娜和选帝侯。老桥是海德堡的象征，歌德说他“把心遗落在海德堡”，马克·吐温称海德堡是他“到过的最美的城市”，对此我似乎没有感受到。

桥边有一座西非的大狒狒铜像，我曾把头伸进空脑壳里拍照，结果鼻梁和嘴巴全被挡住。站在桥头向南眺望城南的王座山，只见一座高高的古褐色城堡耸立在山腰，那正是海德堡，选帝侯的旧官邸。始建于 13 世纪，历时 400 年完工，融合了多个时代的建筑风格。19 世纪初海德堡划归巴登州之前，她已归于宁静。

116. 内卡河畔

海德堡，2002 年夏

我们沿着河边行走，刚好遇到一艘长长的运输船逆水行驶。篷盖整洁干净，看起来更像是一艘客船。这条河流的下游 20 多公里处有一座叫曼海姆的城市，名气不大却是仅次于州府斯图加特的第二大城市，在那里内卡河将汇入莱茵河。

我更向往的是内卡河的上游。这条只有 300 多公里长的河流全在巴登－符腾堡州，她的发源地在黑林山和施瓦本山之间，与多瑙河的源头离得很近。说到施瓦本，远在英国的罗素十分熟稔，他在那本浓缩的《西方的智慧》里写道："谢林像黑格尔和浪漫诗人荷尔德林一样，原籍施瓦本。"

这三个人中，荷尔德林的命运最惨。他出生于内卡尔河畔的劳芬（属海尔布隆县）。家境贫寒，他本人也在多家隐修院学习，后入读图宾根大学。在他眼里，诗人是在神和人之间起牧师式的中介作用。他做家庭教师期间与女主人发生恋情，被迫出走法国。荷尔德林的后半生精神失常，去世 100 多年后，与诺瓦利斯同被视作浪漫主义的杰出诗人（据说两人有过一面之缘）。

入读图宾根期间，荷尔德林、谢林和黑格尔是同室好友（当晚我们也是三人同室）。那座大学城也在内卡河畔，那正是张枣就读和去世的地方。据说图宾根以医学见长，拥有数不尽的附属医院，却没能挽回他的生命。在这所大学取得博士学位的，有前外交部长乔冠华和生物学家贝时璋，他们的专业分别是该校的强项——哲学和生物物理学（攻读中国文学的张枣的博士证书则由特里尔大学颁发）。

内卡河畔

117. 漫步海德堡

海德堡，2002 年夏

海德堡老城位于内卡河南岸，傍河依山而建，为长条形。殊为难得的是，街道、小巷和主要建筑都保留了原有的古朴风格。与内卡尔河平行的主街豪普特街长度不足两公里，为步行街。两边的房屋大多为三层，带有阁楼。这条街的东西两端分别连着集市广场和俾斯麦广场，巧合的是，哥廷根也有两个同名广场。

相比地处交通要道、拥有五星级酒店的俾斯麦广场，我更喜欢鹅卵石铺成的集市广场，这与我对哥廷根和剑桥的集市广场的偏爱一脉相承。广场周围有市政厅、圣灵教堂和骑士之屋。宏伟朴实的圣灵教堂于 1441 年建成，为巴洛克风格的建筑，有着漂亮的尖塔，这里有历代选帝侯的墓葬区。

在圣灵教堂对面，有一幢相对小巧的文艺复兴时期的建筑，因其外墙上绘有骑士像而冠名“骑士之屋”，这是城里保存下来的最古老的民宅。1592 年，一个名叫查理斯·贝利尔的德国布商建造了此楼，专门经营中国的绫罗绸缎。后来骑士之家成为私有民宅，1705 年又被改造成为饭店，并营业至今。

海德堡的名字最早出现在 1196 年，附近一座修道院的证书上曾有提到。诗人冯至那一代留学生将其译成海岱山，后来，由于作为城堡的海德堡闻名天下，中文译名也改用现名了。1386 年，海德堡大学创建，成为德国第一所高校，至今仍领风骚。海德堡大学以文科见长，但获诺贝尔科学奖的校友名单堪与哥廷根相媲美。难以想象，小小的德国有如此多的名校，她的才智来自何处呢?

骑士之屋

118. 奔驰之城

斯图加特，2008 年秋

在内卡河畔，海德堡的上游和劳芬的下游，坐落着巴登 – 符腾堡州的州府斯图加特，我的一对好友、德国诗人兼翻译家布加特夫妇（也是我的德文翻译）就生活在这座城市里。2002 年，我们已经在苏黎世见过面，所以未有造访计划。事实上，抵达海德堡的第二天，我便返回法国的南锡大学去了。

2008 年深秋，借着法文版诗集在巴黎出版和首发之际，我应邀来到斯特拉斯堡图书馆朗诵。那是法德边境的一座城市，欧洲议会的所在地，诗人歌德在此完成大学学业。到斯特拉斯堡以后，我与布加特通了电话，临时决定，乘火车到斯图加特一日游。

火车很快进入德国境内，驶往 100 公里开外的斯图加特，布加特夫妇驾驶一辆旧奔驰在车站迎接。我们热情拥抱，与上一次见面已隔五年半。斯图加特车站（1922 年建成）可谓别具一格，外墙全由灰砖组成，连站前广场上的花坛也被灰砖围绕。

布加特带我参观老城，他告诉我斯图加特本是“养马场”，公元 950 年，神圣罗马帝国皇帝的儿子在此建了马场，为父王的骑兵服务。斯图加特后来与时俱进，成为举世闻名的汽车城，既是戴勒姆 – 奔驰公司的梅赛德斯 – 奔驰诞生地，也是保时捷的总部。

说到奔驰，这是“汽车之父”本茨的另一种译法。“摩托车之父”戴勒姆出生在斯图加特郊外，比他小十岁的本茨故乡离此城约 80 公里。老哥俩从未见过面，公司合并时只有 82 岁的本茨在世，而梅赛德斯是戴勒姆公司大股东的女儿的名字。

1

2

1. 斯图加特车站　2. 黑格尔出生的房子

119. 席勒广场

斯图加特，2008 年秋

我在哥廷根见过席勒草坪，在魏玛见过席勒故居，现在又在斯图加特见到席勒广场，那里竖立着一座看似青涩的席勒塑像。1759 年，席勒出生在斯图加特北郊内卡河畔小镇马尔巴赫，父亲是军医，母亲是面包师的女儿。席勒童年时就对诗歌、戏剧有浓厚兴趣，后被公爵召入军事学校，弃法律从医，毕业后子承父业。

严酷的军事训练激发了席勒的诗才，他还写出剧本《强盗》，公演后获得巨大成功。那年他才 22 岁，当年又完成悲剧《阴谋与爱情》。26 岁那年，席勒接受莱比锡四位仰慕者的邀请，到其郊外一所村庄度过了美好的夏天，他的长诗《欢乐颂》反映了这种真挚的友情给予他的温暖和快乐。那以后，他才遇见了歌德。

席勒 11 岁那年，黑格尔出生在斯图加特，就是这座街角的房子里。他是税务官的儿子，自小在故乡接受教育，18 岁入图宾根大学神学院，五年后毕业，证书上这样写着：对神学三天打鱼两天晒网，但对哲学全力以赴。之后黑格尔离开了故乡，先后定居伯尔尼、耶拿、纽伦堡、海德堡和柏林，做过家庭教师、中学和大学校长，最后死于霍乱。世所公认，黑格尔把德国古典哲学推向巅峰。

虽然席勒心地善良，很容易与人相处，他与年长的歌德保持了终生的友谊，但似乎未听说他与老乡黑格尔有过交往。不过作为后辈的黑格尔对席勒推崇备至，在他的著作《美学》里这样评价，“席勒在表达情致时，能把自己整个的灵魂，伟大的灵魂投入其中，这样的灵魂对于事物本质的把握细致入微”。

席勒塑像

120. 最后的骑士

斯图加特，2008年秋

我在哥廷根时，认定下萨克森是个藏龙卧虎之地。开始旅行以后发现，每个州都差不多，事实上，随便拿笔往德国地图上一戳，就有可能是某位文化名人或科学巨匠的故乡。刚才提到荷尔德林、席勒、谢林、戴姆勒、黑格尔，都是在以斯图加特为圆心，20公里为半径的一个圆内。

如果把半径扩大一倍，往东有克林斯曼的出生地格平根，这位绰号“金色轰炸机”的足球前锋是在斯图加特踢球时成名的；往西有诗人兼小说家黑塞的故乡卡尔夫。他在斯图加特的旧居就在这所房子的二楼，被我们路过时撞见了。如果再延伸一点，就有本茨的故乡，爱因斯坦的出生地乌尔姆以及数学圣地奥伯沃尔夫。

说到黑塞，他的名字与黑森州其实一样，但他只属于施瓦本。黑塞的父母分别出生在爱沙尼亚和印度，这注定他也是个漫游者。因为与父母的冲突升级，他不得不辍学，先后在斯图加特郊外、卡尔夫和图宾根的钟表店、书店当学徒，阅读了大量的文学和哲学著作，并开始创作。27岁那年，他辞去书店工作，成为自由撰稿人。

黑塞被誉为“德国浪漫派最后一位骑士”。1946年，他因为小说《玻璃球游戏》获得诺贝尔文学奖。晚年他定居瑞士卢加诺湖畔，倾力写诗。我试译他的《旅途之诗》：

别垂头丧气，夜晚很快会降临 / 当清幽的月光将她隐秘的笑容 / 洒落在昏黄的乡村 / 我们会搂抱着睡去 // 别垂头丧气，白昼很快会到来 / 当我们将小小的十字架并排竖立 / 道路那明亮的一头 / 雨会落下，雪会落下 / 风儿也会跟着吹过。

黑塞旧居

121. 红辣椒饭

斯图加特，2008 年秋

我没时间去老皇宫游览，但在一个广场看到拱形的小石门，可能是古罗马时代留下来的；还有一座雕像，据说是秤砣的发明人；一座三层宅院，每层都有回廊，拐弯处有圆形的钟楼；以及一座 500 年前的民居，白色的墙壁，粗大的木头横梁漆成了红色。

我又见到了内卡河，岸边停泊着一艘游艇，落叶铺满斜坡，河宽接近巴黎的塞纳河，这里毕竟是海德堡的上游。将近中午时分，布加特把我带回到他的寓所，那是一幢两层楼的排屋，他们的一双儿女都在外地念大学，当年我在南美洲初见他们时才念小学。布加特骄傲地告诉我，儿子一边念书，一边办起了报纸，在青年人中影响极大，据说发行量超过百万，在德国甚至欧洲都非常难得。

我想起布加特原先的职业是报社记者，后来跨界写作、翻译、出版，才不得不辞职。布加特年轻时曾在拉丁美洲滞留多年，他的夫人乔安娜是阿根廷诗人，与布加特相识相恋才嫁到欧洲。如今他们是拉美文学界和德国文学界的主要纽带，可以说每个西班牙语国家的文学圈他们都很熟悉。

那天布加特亲自下厨，做了一顿红辣椒饭。这是我在柏林和其他地方没有品尝过的德国菜肴，或许是掺入了南美风味。红辣椒并不辣，里面放了肉和米饭。席间我告诉他们，在汉语里斯图加特后两个字与布加特后两个字一模一样，他们听了很是吃惊。

布加特做了一顿红辣椒饭

122. 出版人的奥运会

法兰克福，2010 年秋

告别布加特夫妇之后，当天我便返回了法国，途中经停了原巴登州的州府卡尔斯鲁厄，那是个性鲜明的德国国门卡恩的故乡。卡尔斯鲁厄大学是德国第一所工科大学，亦称 KIT，尤以计算机最强，著名校友有发现电磁波的物理学家赫兹、发明汽车的工程师本茨。

没想到的是，相隔不到两年时光，我和布加特夫妇又在法兰克福书展上见面了。我抵达时，刚好东边的慕尼黑啤酒节落幕。我先乘火车进城，到行李寄存处取回我的箱子，那是半个月前委托普莱达寄放的，他当时正好要去法兰克福大学开会。

随后，我再次乘坐火车，向西到黑森州的州府威斯巴登。途中经过一大片绿油油的庄稼地，这在德国十分难得。在市郊的五角饭店大厅里，我见到了先期到来的三联书店编辑张志军博士。我才知道，中国出版集团的出版人全部下榻在这里。他还告诉我，因为去年中国是主宾国，政府派出一百多人的作家代表团，今年可能就我一个了。

法兰克福书展是全世界规模最大、影响最广泛的图书博览会，被誉为“出版人的奥运会”。每年 10 月第一个星期三至第二个星期一在法兰克福举行，为期六天。其展览宗旨是：允许世界上任何出版社展出任何图书。

今年是第 62 届，屈指算来，书展创办于 1949 年，离开德国战败不过四年时间。虽然德语不是国际语言，德国也不是最大的出版国，但德国人却具有超强的组织能力，且乐此不疲。我一路走过来，汉诺威、汉堡、莱比锡、慕尼黑、柏林均以举办国际博览会闻名。

五角饭店

123. 说吧，记忆

威斯巴登，2010 年秋

次日一早，中国的出版人都去了书展，我因为活动在下午，得以抽空去看威斯巴登市容。我步行来到街上，看到有的行人穿 T 恤有的穿毛衣或风衣。在一家小熟食店，我看到悬挂着的一排德式香肠，又粗又长像是男人的手臂，颜色与面包没有差异。

在古罗马时代，威斯巴登就是温泉之城（巴登在德语里的意思是温泉，威斯巴登意为草地上的温泉），到了 18、19 世纪尤为闻名，各国王室成员以及歌德、勃拉姆斯、陀思妥耶夫斯基那样的名流都是这里的常客。我清晰地记得，俄国作家纳博科夫在他的回忆录《说吧，记忆》里也曾多次提及这座城市。

从彼得大帝推崇法兰西文明开始，俄罗斯贵族就喜欢去欧洲南方的地中海滨度假并以此为耀。当然，他们也喜欢去巴黎，而德国则是必经之地。纳博科夫家族丝毫不例外，他在回忆录第 5 章第 1 节里这样写道：

“那时我们出国已有一年。1904 年在乌里波和阿巴齐亚消夏，又在威斯巴登住了几个月之后，我们于 1905 年初启程回俄国。记不得是哪个月了。一条线索是，在威斯巴登我曾被带到了那儿的俄国教堂——我第一次进任何地方的教堂——那可能是在大斋节期间”。

阿巴齐亚是亚得里亚海滨的一个旅游城市，一战前属奥地利，后归意大利，二战后又归南斯拉夫，现属克罗地亚。纳博科夫接着写道，“从法兰克福出发，在一场暴风雪中到达柏林，第二天早晨乘上了从巴黎隆隆开来的北方快车。两小时后它就到达了俄国边境”。

路边熟食店售卖德式香肠

124. 摩天楼与哨所

法兰克福，2010年秋

上午10点钟，我搭乘一列火车，经过法兰克福机场，抵达法兰克福车站。我首先要去的是市中心，多年以后，我那双轻便的意大利皮鞋终于露出了底洞。我需要一双新鞋，外加一件便装，为下午的讲座和朗诵会准备。果然，法兰克福的物价不比中国贵。只是，皮鞋的款式比起意大利人的要笨拙许多。

进入市区，我首先看到两幢高楼并列在蓝天下，其中一幢悬挂瑞士联合银行（UBS）字样和标志——三把交叠的钥匙。据我所知，瑞联是以银行业见长的瑞士联邦第一大银行，与第二大的瑞信（瑞士信贷集团）同为世界驰名的银行，他们给予客户绝对的保密承诺。

照片下方是一家剧院，背景墙上悬挂着美国休闲服饰品牌汤姆·希尔费格（Tommy Hilfiger）的巨幅广告。看得出来，这家原先以男装为主导的公司如今也走女装、童装、配饰等综合性路线。她的历史应该不会太久，因为创办人希尔费格本人还不到60岁。

后来我来到一个广场，那里立着诗人歌德的全身塑像，背景是德国最高建筑——259米高的德意志商业银行，看起来像是生活的一种对比。少年歌德喜欢在南郊的森林里漫游，如今那儿有座43米高的歌德哨所，由松树、橡树和山毛榉搭成，可惜我这次无暇造访。

据说全德13座摩天大楼（150米以上）有12座是在法兰克福，这里也是德国的金融中心，日交易额在全球范围内仅次于纽约和伦敦。歌德哨所的景色一定不错，那是市民一日游的目的地。下一个路口有一座尖顶的钟楼，旁边有三支烟囱的小红楼曾是卫戍大本营。

法兰克福街头

125. 都市里的猪圈

法兰克福，2010年秋

买好一件栗色的灯芯绒便装和一双棕色的猪皮鞋（意大利皮鞋被我永远留在了德国），我焕然一新地走上街头，想找个地方吃午饭。忽然听见几声小猪的叫唤，这样的声音实在难得，原来是郊区的牧民把一头母猪和几头小猪赶到市中心十字路口，在那里搭了猪圈，放上些许稻草。有意思的是，那母猪是混色，棕、白、黑三色毛都有。

我可以想象，这几头猪吸引了孩子们在那里围观，他们看猪的神态非常专注，可以说是目不转睛。一个穿红衣的小男孩不由自主地伸出右手，想要去触摸母猪。旁边还有牛栏，有一头母牛，牛毛的颜色和猪相近，只是少了黑色。我敢说，看过以后，他们会绘声绘色地告诉其他小朋友，还有没有一起来的家长，这幕情景会长久地留在他们的记忆里。

猪圈旁边是一座南瓜搭起的金字塔，我数了一下，共11层，南瓜放置在木板或地砖上。离鬼节还有一个多月呢，这有啥用意呢？后头还有葡萄酒和啤酒供游客免费品尝。沉思片刻，我猜想这是法兰克福市政府的主意，为了让城里的孩子们接触到乡村生活，也为了密切城乡关系，才招引母猪、瓜农和酒家进城。

我还想起19世纪中叶，英国小说家狄更斯首次游历美国，在他回到伦敦后出版的《游美札记》里，谈及纽约百老汇大街上的猪时曾提道："在美因河畔的法兰克福，1481年后在老城养猪是非法的，但在新城和萨克斯豪森，这种习俗仍然不足为奇。"新城是否指金融区我不得而知，但萨克斯豪森我是知道的，就在缅因河南岸，那里多森林，也是歌德哨所所在的地方。

1
2

1. 都市里的牛栏　2. 南瓜金字塔

126. 讲座暨朗诵会

法兰克福，2010 年秋

午餐以后，我乘地铁去书展会场。出乎我的意料，地铁线上专门为书展设有 Mess 一站，由此可见德国人办事的认真和周到。对书展我最关心的自然是门票价格，日票 36 欧元，通票 72 欧元，可谓不菲，且持门票买书不享受任何折扣（仅周日一天可以售书）。可是，因为门票没有写人的名字，故可以与朋友分享。

书展期间，持有参展证或入场券的乘客在法兰克福市内或往返机场，可以免费搭乘公共交通。观众纷至沓来，从德国各地甚至邻近的其他国家都有。我进场时，有两个聪明的中国女孩站在门口，看我过来就与我打招呼，其中一个解释说，希望能跟我一起进去，她再出来借我的门票带她的同伴，结果我是做了好事。

我找到 6 号展区，那里有包括中国在内 19 个国家的展台。看过讲座的演播厅，试过 ppt 以后，我便去阿根廷馆找布加特和乔安娜，他们正在做博尔赫斯肖像展。参观以后，在布加特的安排下，我接受了南美一家电视台的采访，顺便回忆了十年前的南美之行。随后，他们跟着我来到中国馆，那里已有一部分听众。

3 点整，活动开始了。张博士担任司仪，乔安娜充当我的德语口译。我做了一场题为《漫谈中国诗歌》的小讲座，从《诗经》聊到朦胧诗后。之后是我的个人朗诵会，我们用中、德、英、法、西五种语言朗诵了十几首诗歌，吸引了数十位各国读者和出版人，由于演播厅是开放的，路过的听众更多。最后，我朗诵了布加特夫妇的两首诗，并以自己翻译的博尔赫斯的诗《南方》作为结束，借此向阿根廷人致敬。

Der Traum vom Leben in der Welt
Dream of living in the world
Cai Tianxin

在诗歌朗诵会现场

127. 按摩与版权交易

法兰克福，2010年秋

任务完成以后，我感觉一身轻松，开始独自逛书展了。展会有八个展区，每个展区高达四层，每层面积大约有三分之二个足球场那么大。让我感叹的是，书展规模之大仍秩序井然，相信这与德国现代管理和交通、媒介的发达分不开，展会地点Mess在法兰克福甚至整个德国也可谓家喻户晓。

不用说，这里大牌出版社云集，参展商日程满满。组委会还专门设了按摩厅，为出版人服务。我参观了6号展区的法国馆，8号展区的美国馆和英国馆，以及5号阿根廷专馆等。我发现，在诸如伽利玛、兰登书屋、Harper Collins、剑桥大学等大牌出版社和Lonely Planet等特色出版社租用的场馆，比我们的一个出版集团要大好几倍。

我在出版美国女诗人毕晓普诗全集的法拉出版社面前伫立良久（我译过毕晓普的诗，还写过她的传记《与伊丽莎白同行》），虽然门面不是特别大，但值班的德国小姐告诉我，编辑约谈已安排至第三天，只好拿了一张名片离开。相比之下，中国的出版社只陈列书籍，很少有见外国商人来晤谈，而版权交易是法兰克福书展的重中之重。

无论我走到哪个展台，放眼望去，书籍的封面琳琅满目、色彩纷呈。这其中，也包括漫画卡通，可以说书籍的装帧设计越来越体现读图时代的特点。这方面日本馆颇占优势，日本人近年来一方面频频得诺贝尔科学奖，作家村上春树屡次获得文学奖提名；另一方面，他们的卡通制作则堪称强大、完美，获得的荣誉和赞颂在许多外国青年人眼里甚至超过了传统的汽车业和家电业。

1
2

1. 组委会专设按摩厅　2. 剑桥大学出版社展台

128. 别了，谷登堡

法兰克福，2010 年秋

下午 6 点，展览会休会，我约了布加特夫妇去吃中国菜，中国出版集团老总在中国城设宴，他们俩欢天喜地答应了。于是，我又一次坐上那辆老奔驰。晚餐以后，乔安娜提议带我去美因茨，真是个好主意，这几天他们在该城借住布加特的一个姑妈家。

美因茨是莱茵兰州州府，八年前我到过该州西部的特里尔。美因茨是谷登堡的故乡，1450 年谷登堡发明了铅字印刷术，材质胜于毕昇的泥字和王桢发明的木字，法兰克福书展因谷登堡而名正言顺。想当年美因茨是选帝侯首府，莱布尼茨在此充当幕僚，后被派到巴黎留学，发明了微积分。那时法兰克福只是郊外小镇，现在刚好颠倒过来了。

抵达美因茨时早已入夜，借着灯光，我仍可以看见莱茵河的水流，缅因河也在此汇入。布加特先把我带到圣斯蒂芬大教堂，玻璃窗上留有白俄画家夏加尔的杰作。可惜大门紧闭，我想起纽约林肯中心的入口两侧，就悬挂着这位画家的两幅巨作。

随后我们来到一处空旷的广场，在车灯的照耀下我看见一座铜像，是一位敲鼓的士兵。把车头转个方向，就照见了一尊塑像的底座，上面写着谷登堡的名字。这位毕生不得志的发明家正站在上面，车灯无法照到他，倒是突显了他背后的麦当劳标志。

临近子夜，布加特送我回旅店，车过莱茵河时威斯巴登仍有白天的余光。我意识到，这是我在德国的最后一个夜晚，恰好遇见德意志民族第一个重要的人物。明天是周末，一早我就要飞往波罗的海之滨的立陶宛，参加维尔纽斯诗歌节，那将是我那年欧洲之旅的最后一站。

1
2

1. 敲鼓的士兵　2. 黑暗中的谷登堡塑像

附 录

希尔伯特的书房

去年9月的一天，正在荷兰乌特勒支大学笛卡尔中心访学的我，应邀重访了数学家和物理学家的圣地——德国哥廷根大学。为此我精心设计了旅行路线，去时乘火车经过小城阿默斯福特，在那里逗留了三个小时，那是抽象画家蒙德里安的出生地，也是笛卡尔唯一的女儿去世的地方，这位全才的法国人在荷兰——当时欧洲大陆唯一的资本主义国家——度过了学术生涯的黄金时代。他曾答应送女儿回法国接受教育，她却不幸在五岁那年夭折，他也从此没有返回祖国。接着火车经过了阿纳姆，那是神奇的画家埃舍尔的故乡，他在这里念完了小学和中学，但我没有时间停歇。

我在汉诺威再次换车以后，于当天夜里抵达哥廷根火车站，普莱达・米哈伊内斯库教授已替我订好旅店，我熟门熟路地步行着找到了。安顿好以后，我在附近的酒吧里喝了一瓶贝克啤酒，睡得很香，第二天早上起得较晚，因为学术报告是下午。那天我演讲的题目是《关于经典数论的若干问题》。让我感到荣幸的是，报告安排在著名的克莱因－希尔伯特教室，那次来了四位教授和一部分研究生。我讲的五个问题中，有一个涉及希尔伯特－华林问题，也算是向前辈表达敬意了。

很久以前数学家就已发现，形如4x+1的质数均可以表示成2个整数的平方和，比如，5是1和2的平方和，13是2和3的平方和，而4x+3型的质数则不能。1770年，法国数学家拉格朗日证明了同胞费尔马的猜想，即任意正整数均可表为4个整数的平方和。同年，英国数学家华林断言，任给正整数k，存在正整数 s=s(k)，使得每一个正整数均可表示成s个整数的k次幂之和。1909年，希尔伯特证明了上述论断，被称为希尔伯特－华林定理。但对给定的k，某种意义下最小值s的确定一直是热门的数论问题，至今方兴未艾，对数学家的吸引力甚至超过了费尔马大定理和哥德巴赫猜想。

报告结束以后，我独自一人在城内徘徊。两年前，我应哥廷根大学的官方邀请，作客数学研究所一个月，与米哈伊内斯库结下了友谊，并对哥廷根及其周边的环境也有所了解。这回我又一次去看了高斯的天文台和黎曼的故居，当我走到韦伯大街的希尔伯特故居前，看到里面灯关着，但那辆我乘坐过的奔驰车仍在前院的停车棚里。我试探着按响门铃，当时的预感是，汤姆逊教授夫妇去慕尼黑看儿子了。出乎我的意料，过了半分钟之后，边门打开了，出来的是女主人莱阿娜。她很快认出了我，并打电话把在别处作客的丈夫叫了回来。

走进希尔伯特的书房，我看到临街有两扇几乎落地的大玻璃窗，其余三面墙壁摆满了书架。女主人泡了一壶红茶，还是上次那套茶具，后来我对比照片，发现教授脖子上系的领带也没变，生活是如此简朴美好。汤姆逊教授夫妇均是生物化学家，男主人还是哥廷根科学院的院士。40年前，他们从希尔伯特的保姆那儿买下这座当年希尔伯特亲自参与设计建造的房子。花园非常深，有近100米长，里面栽了许多苹果树，还有一口池塘和几块古老的石碑。

汤姆逊教授告诉我，最近几年他每年都收到来自中国的讲学邀请，可他已年逾八旬，身体不便，只好谢绝了，但他很高兴有我这样的老朋友来访。两年前我曾在屋前徘徊，遇见浇花的女主人，便和她聊起来，后来她因为答不出我的一个提问把男主人请了出来，我们才得以相识。那次我被他们邀请到阳台上喝茶，并参观了花园。告别时，女主人还驱车送我到俾斯麦塔所在的东山上。回国后我们偶尔通信，他们认真阅读了我的一首写冬天的诗歌，是英文译文。他们回信认真谈到了感受，这次晤面又提到那首诗，我答应以后寄一首秋天的诗歌。

1861年，希尔伯特出生在东普鲁士名城格尼斯堡郊外，是大哲学家康德的老乡，如今却是俄罗斯的一块飞地。希尔伯特成年后就读格尼斯堡大学，那时的数学专业仍隶属哲学系，那也是老康德当年执教过的系。在那个年代，德国大学有一条规则，从第二个学期开始，学生可以到本国任何其他一所大学修课。希尔伯尔选择的是哥廷根大学，因为数学王子高斯和他的伟大弟子黎曼的缘故。他在格尼斯堡取得博士学位后，先是留校任教，1895年初春，被聘请到哥廷根大学任数学系主任。之后，希尔伯特与导师的导师克莱因联手建立起了著名的哥廷根数学学派。

1900年，希尔伯特在巴黎举行的世界数学家大会上概括提出了23个数学问题，涉及数学的各个领域，他也被公认为史上最后一位数学全才。这些问题的提出为20世纪的数学研究指明了方向，每一个问题的解决或部分解决都引起轰动。1921年，希尔伯特60岁生日晚会的来宾合影中，前面两排聚集了十多位年轻数学家的夫人，那时的哥廷根已是世界的数学中心，可以说重现了高斯时代的辉煌。这一点从战争期间流亡到美国的希尔伯特弟子那里可以得到证实，外尔在新泽西州帮助组建了普林斯顿高等研究院，库朗则在纽约大学创立了库朗数学研究所，这两个所与陈省身创建的伯克利数学研究所堪称美国的三大数学圣地。

我可以推测，这23个数学问题，一部分是在研究所的办公室里酝酿的，另一部分则是在这间书房里酝酿的。至于希尔伯特为何没有把华林问题列入其中，我有些不解。无论如何，当我坐在里面喝茶，怀有一份激动的心情。我听主人谈起战争年代的经历，那时他们才上小学和中学，出乎我的意料，莱阿娜竟然是希尔伯特的老乡，她出生

1

2

1. 希尔伯特的书房　2. 科隆大教堂前的杂耍艺人

在格尼斯堡郊外的一座小镇，后来全家颠沛流离迁移到汉堡附近。汤姆逊教授找到两本他收藏的中国古籍，是列子的《冲虚真经》和《金瓶梅》，民国年代的德文版。女主人兴致勃勃地朗诵其中壶子算命的故事，汤姆逊教授即兴把它译成英文。

又到了告别的时候。翌日上午，我离开了哥廷根，乘上了返回荷兰的火车。为了使我的旅行更加圆满，征得主人同意（旅费略有增加），归途我向南经过了法兰克福，绕成了一个圆圈。途中停靠了莱茵河畔的名城科隆，那是我前几次德国之行遗漏的城市，我逗留了四个小时，独自享用了一个比萨饼。我还徒步登上科隆大教堂，那是德国公众选出来的首要标志，位列柏林的布兰登堡门和巴伐利亚的新天鹅城堡之前。我拎着行李，沿着狭隘的石阶通道，攀上100多米高的顶端，出了一身大汗。

登顶途中我在墙壁上见到许多到此一游的留言，字迹模糊不清，世界各地的文字应有尽有。我忽然想起哥廷根的城市公墓里希尔伯特墓碑上的两行德文，那早已为全世界的数学家同行熟知，“Wir müssen wissen / Wir werden wissen”，译成中文便是，“我们必须知道 / 我们必将知道”。此语出自希尔伯特的退休演说，是对一句拉丁语箴言的改造，原文Ignoramus et ignorabimus，意思是“我们不知道 / 我们不可能知道”。

2013年秋天，杭州

注：此文原载《新知》试刊号开篇，该刊的外文名Wissen也来自于本文最后一节。

图书在版编目(CIP)数据

德国,来历不明的才智:哥廷根游学记/蔡天新著. —北京:中华书局,2015.4(2016.8 重印)
ISBN 978-7-101-10833-0

Ⅰ.德… Ⅱ.蔡… Ⅲ.游记-作品集-中国-当代 Ⅳ.I267.4

中国版本图书馆 CIP 数据核字(2015)第 057961 号

书　　名	德国,来历不明的才智——哥廷根游学记
著　　者	蔡天新
责任编辑	于　欣
出版发行	中华书局 (北京市丰台区太平桥西里 38 号　100073) http://www.zhbc.com.cn E-mail:zhbc@zhbc.com.cn
印　　刷	北京瑞古冠中印刷厂
版　　次	2015 年 4 月北京第 1 版 2016 年 8 月北京第 2 次印刷
规　　格	开本/880×1230 毫米　1/32 印张 9¾　字数 150 千字
印　　数	4001-7000 册
国际书号	ISBN 978-7-101-10833-0
定　　价	48.00 元